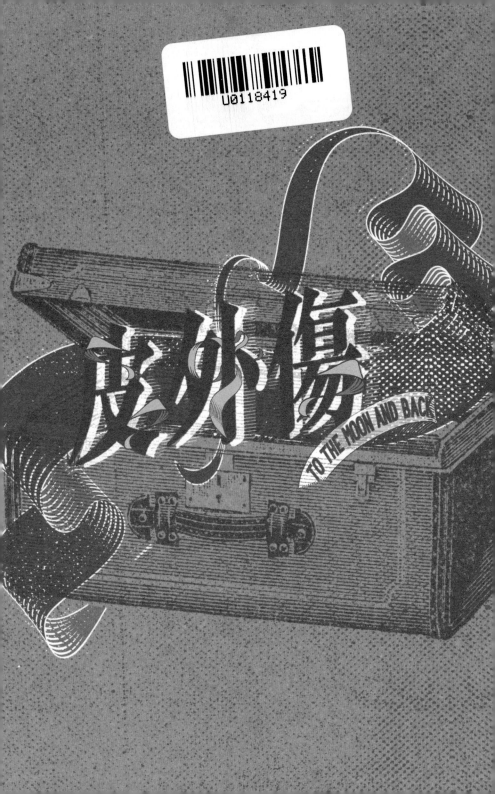

度外傷

TO THE MOON AND BACK

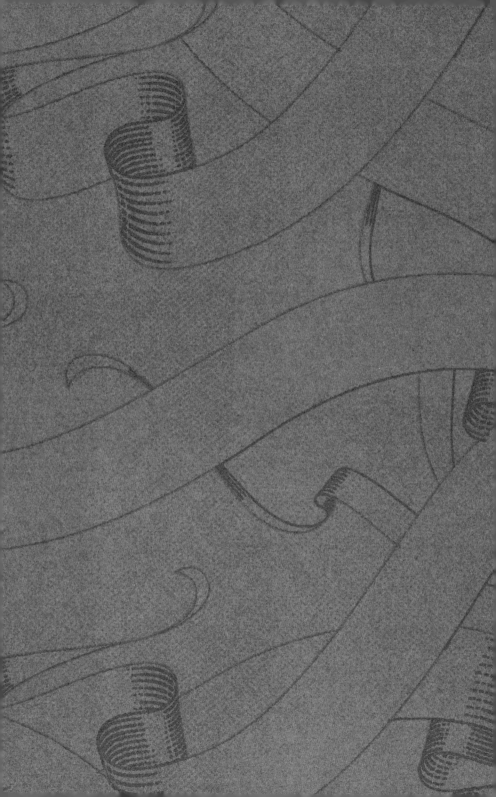

虎外傷
TO THE MOON AND BACK

#001
皮外傷

事情源於一通只有七秒生命的電話。

「喂？」

「……抱歉，我打錯了。」

「等等——」

她一聽就知道打錯了？

我在電費再一次漲價的黏稠夏日，盯住話筒的陌生來電顯示。沒有高低起伏的掛線聲響得太久，像一隻蟬困在耳窩中鳴叫不停。

她像一個猝不及防按下門鐘的訪客，在我打開門的一刻沒說半句就轉身離開。我在電視的午間清談節目上聽過，人對人的喜惡在見面初七秒鐘就奠下印象。我開始好奇，我對這個只閃現七秒就消失的陌生人會是喜歡還是討厭。

打錯？

皮外傷

TO THE MOON AND BACK

我終於把話筒放回原位，似要象徵性地把這段沒來由的小插曲一併放下。眼前的工作是我得把摺到一半的男裝襯衣重新攤平，執起蒸氣熨斗將被我捏皺的衣尾再熨一遍。不是我偏執，我先生的工作每天都要見人，穿得體面是必須的。要是他穿上皺巴巴的衣服，別人肯定覺得他沒有娶到賢妻。自從婚後成為主婦，我唯一的工作就是持家。母親從小就告誡我，就算年輕時可以靠這張臉呼風喚雨，老去後內心仍然養著一個少女，那份傲氣終會把人拖垮。

母親從小就向我灌輸女孩和女人的分別，一言蔽之，就是女孩要壞，女人要乖。

女孩可以撒嬌任性，可以狂妄，棱角可以戳穿世上每一道邊界。年輕就算無知都可愛，伶俐精明的更叫人喜歡。女孩只要做自己，就會被愛；長成女人後卻難得多。無知的女人不可愛，太聰明的女人也不可愛。母親教我，女人必須戒慎恐懼，賢淑得體，走對每一步才不致被討厭。而最難是每個女人曾經都是被世界寵得唾手可得就擁有一堆愛的女孩，在長大後才如此渴求被同樣地愛。自覺沒有變，但世界忽然就不再覺得你可愛。

那已經是很久之前的事。

試想像客人來家拜訪，一看就大抵知道這個家住著一個怎樣的女人。要是一開門臭氣沖天，到處都是礙眼的垃圾，就算男人最後跑了也是無德無能的妻子咎由自取。

一個家裏不需要兩段失敗的婚姻。

就當天生麗質是真有其事，大多的美麗都不是信手拈來。我從小就開始打扮保養，自此每天畫眉撲粉，小心翼翼地維護這副有如家當，也代理著自尊的軀殼。到了初中，我已經是在同學間脫穎而出，公認的美人胚子；現在這份細心沒有丟失，只是用作抹去梳化底下每一顆灰塵，擦走窗上每一道不應該存在的指模。日復日的任務就是清除不應該存在在這個家的多餘之物，如女孩勾勒內眼線一樣精準俐落。家就是女人的皮囊，不能失禮於人，不能失禮自己。

我掏空洗衣機，將半濕未乾的衣物一件件排好，趁灼熱燙手的正午把濕悶一一蒸發。我一手撐在窗花，艱難地傾出半身在空中整理晾衣桿，突然就有甚麼動態吸引住我的視線。

就在三十二樓的高空，一隻棕綠相間、羽翼透明的蟬不徐不疾地降落在洗好的雙人床床單之上。

我潛意識往下瞥，這裏可是三十二樓。我隨手一擺想要把牠拂走，這招對大多昆蟲都管用。蒼蠅蚊子飛蟻，牠們都知道這是人類的地方，人類作主的世界，只要見到力量懸殊的強勢者便會識趣地跑開，不多糾纏，哪怕螻蟻都有自知自尊。

只是這隻棕綠色的蟬竟靈巧地躲過我撥出的巴掌，一瞬間就拍動牠吹彈得破的翅膀，像嘲笑我的拙劣一樣優雅地落到旁邊的枕套之上。枕套掛得比較遠，我不得不再把身子往窗外伸出，真是的，我恨自己的身軀不再像年輕時柔軟。胸口還未適應一下加深的畏高感，牠竟像看穿我身而為人的怯弱，傲然又拍翼飛回床單，彷彿我上演了一場讓自己失禮的獨腳鬧劇。

害蟲怎能比人類優哉？家是我的領土，仿如我一張臉，有一條細紋一顆暗瘡都夠使我發狂──沒有這份執著，擺出來就不會如此得體。美麗的背後可是很費力的。

烈日當空，我竟為了和一隻蟲子鬥氣而弄得渾身是汗。我一

下沉不住氣，沒再作出多餘的假動作，瞄準床單靠我方的角落，絲毫沒猶豫用力一扯，半濕布料的重量成功將牠沉沉罩住。我看準機會，用另一隻手蓋在還散發著洗衣粉香氣的床單之上，一把將牠像用完擤鼻涕的面紙揉成一團。

卡啦啪勒，有甚麼碎掉的聲音。一些稍硬的棱角隔住布料研磨著掌心觸感最為敏銳的神經，我以為自己會起一身疙瘩，但結果沒有。倒像把額上暗瘡的膿包擠壓乾淨一樣痛快。

好險。這條蟲沒有血，或者至少不是紅色的。我最怕血，最怕受傷或死亡變得具體真實。

好險。床單是深色的。

我把床單和枕套從暖陽下收回來，重新塞進洗衣機。我蹲在和它剛好對視的水平，心底默算讓人幾近暈厥的輪轉。

真是的。這麼高，你是如何找上來的？

而妳又是如何找過來的？

　　妳到底是誰？妳是不是我臉上含苞待放的膿瘡，不及早處理就會長到滿目瘡痍？今天置若罔聞，將來我會後悔莫及嗎？

　　我以為自己很快可以忘掉那通閃過即逝的電話，就如洗過手後我就忘了手心因蠱液溢出帶來的痕癢不適。但家庭主婦最多的就是時間，比家務更常做的是胡思亂想。

　　在前往診所途中，我一直在想的都是這回事：真想找出那個女人。不，這份意欲多於願望。比如知道有塊糖果滾進了梳化底，我一個人窮盡力氣都會把梳化挪開舉起，鏟除可能會惹出一窩蟻穴的禍根。我不擅於忘記，也不甘於視若無睹。

　　一個人無緣無故闖進你的生命，總不會只是打錯？好奇難耐，我寧願拒絕相信巧合。

　　我和丈夫是高中同學，那時候起就正式交往，由一個女孩愛到變成一個女人。不要誤會，我對他的愛意這麼多年來是絲毫不減，也不曾認為他會有不愛我的一天。想不到的是此刻竟然，我會因為一通電話重燃了一丁點女孩才會有的妒嫉心，那份好比畏高的我在三十二樓不慎向下瞥的危機感。

或者，明天我身在的這裏就會變得頹垣敗瓦的不安定。

我笑，光是這種心跳就覺得自己年輕了不少。

真是的。我推開診所的門，儘量叫自己平伏心情，下意識摸著腹部。

一開始並不是這副模樣。你必須相信我，我從來不想要傷害任何人，特別是多年來對我忠貞不二的妻子。我的確愛她，毋庸置疑地。

每對戀人在愛上對方時都是史詩式的浪漫。感恩我剛好在不遲不早的年歲第一次擁有這種心動。尚有不顧一切的輕狂，也夠成熟去認證情感的真確。身邊同學對愛情及其帶來的一切都好奇，常常問我甚麼時候你會知道自己真的戀愛了。他們總會瞪著大眼睛，刻意強調話句中「**真的**」兩個字，彷彿要把問句中的靈魂用粗線油性筆勾勒出來。這些時候我會說：就是覺得自己一生人就是為了經歷這一刻。你整天只想著同一張臉，對天發誓一千遍為

了讓她愛你，你甚麼都願意。你不能想像，自己怎可能會有一天不再愛她。

無論最後變成何等不堪，誰都不能質疑最初有半分的不真。

如同每一個老掉牙的愛情故事。校園的女孩如花綻放，荷爾蒙使她們急不及待地展現自己，怕慢了一秒就老去。我從沒告訴她我在更早之前已經愛上她的事。她漂亮，也自知自己漂亮，但她從不刻意張揚顯露，彷如青春期的她早就認清自己和那些急於尋求認同的女孩們有多不同。她不渴求他人的注視，就這樣安靜地暗自發光。難得在那個年紀，她就知道要得到一樣東西，最好的方法是不要去得到它。

我對自己的長相沒有自信，每次照鏡子都提醒我和她的差距有多大，光是喜歡她這回事我就不敢對任何人說出口，我自知這有多不自量力。

所以讓她愛上我，我一直相信，是在我身上發生過的唯一一次奇跡。

如果要認真說明，真正吸引我的大概是她身上的反差。明明人都一樣不完美，一樣被磨難得七零八落。但別人是碎片，她是複雜又瑰麗的萬花筒。

我忘了說，陷入真正的戀愛的另一個線索是在意識到之前，你已經瘋狂地愛上她。

她明艷照人，也毫不掩飾這一點，在學校會梳那些有一點誇張的辮子。你以為施脂粉的女生都庸俗，她卻會讓你知道她精心經營的美麗從來是為了自己。她不會為了膚淺的男人打扮，更不會為了刻意孤高而不打扮，無關漂亮是大眾或少數；她早慧，同時多愁善感，試過留在圖書館長達三天兩夜，只靠自動販售機的零食充饑，就是為了一口氣追完川端康成的《東京人》，隔天晚上，她以登山學會會長的身份，帶隊連夜攀上獅子山。

看到她你會暗自渴望，是不是走得夠近，某天就會見識到深藏在這些光芒的最深處，其實藏著一個擁有弱點、甚至有一點點陰暗的她。

而如果她真有這一面，我會毫不遲疑就跑去擁其入懷。

　　正因為她是登山學會會長，我明明不是學會成員，卻硬要跟上他們連夜征服幾個山頭，氣來氣喘狼狽得很。社員們早已形成社交圈，我知道那些人都在私下取笑我，只有她當著我臉，一邊不帶惡意地取笑，一邊伸手扶我一把。

　　學會活動在傍晚出發，抵達山頂看日出。格格不入的我無法融入社員，只得在快要被歡笑聲撐破的營帳外隨便遊蕩，直至在樹蔭下發現另一個同樣落單的身影。同樣形單隻影，換著別人，你會覺得那人是被世界所遺棄；但看著她，你會知道是她在遺棄世界，選擇自己。歡騰孤獨，她都一樣游刃有餘。

　　身為團體的核心人物，她把整群人帶上了獅子山，卻在大家最吵鬧的時刻一個人走開。她總是每一個舉動都能帶來驚喜，讓你對她永遠好奇，不自覺地越靠越近，而且一次又一次。

　　而當我靠近，一點微弱的火光映出她好看的側臉，一縷炊煙從兩片唇間溜出。她此時才發現了我，那是我第一次見她目露恐懼的神色。是因為我平日的形象，讓她怕我會找她麻煩嗎？看到她可愛的慌張樣子，我當下就忍俊不禁，多虧這樣才讓她卸下戒備的眉目，挪開身子，示意讓我坐下。

發現了她的小秘密讓我無比驚喜。一想到這一面的她只有我見過，就讓我喜上眉梢。我假裝毫不拘謹地坐在旁邊，近得可以嗅到她的味道。那刻我就知道，自己將永遠記得這一刻。

「妳不應該抽菸的。」我故意開她玩笑，遙指不遠處的告示牌：「看，郊野公園範圍內抽菸罰款五千。」

我沒看手錶，不想讓精準的時間割損朦朧的空氣，那時天空已經泛起魚肚白。

「你也不應該在這裏的。」她當著我面前呼出另一口煙，瞇著眼睛把我全身來回打量好幾遍。

不用她說我都知道。整隊人都穿上學會 T 恤，只有我格外突兀。要不是為了她，我這個大胖子才不會跟他們來爬甚麼山。

我和她在樹下形成好看的對影，笑話說到興起之時，她會興奮地擺動膝蓋貼近我的。不擔心丟失儀態，不掩飾簡單的快樂。我沒有躲開，就此偷來一點親密感。

我把我們看得入迷，才把目光稍稍移開向下一瞥，就發現她小腿近腳踝之上多了一抹濕潤、不屬於皮膚的深色抹痕。燈光昏暗，我還以為那是一路走來，她不慎在叢木間蹭上的泥漿或濕葉。

我沒想太多，下意識伸手往該處想替她撥走污物。在我察覺有異時她已一聲吃痛，而我手上散發出陣陣血腥。

「你在流血⋯⋯！」我驚恐吼道，手忙腳亂想要從五十公升的背包中撈出一盒小小的絆創膏，誰知她越是見我忙亂就越是淡然，輕聲失笑。

我停下動作，事實是被她看我的樣子迷住。我故意擺出唬嚇的腔調：「不好好處理會留疤喔，你不怕嗎？」

她一蹙，不置可否地搖頭：「你不覺得，人總應該如此嗎？」

「應該怎樣？」

「應該⋯⋯有點不一樣。可能是一道疤痕，或一個胎記，像是刺青。每個人的身體都一樣，好沉悶。」她邊想邊說，讓我都要質

疑這到底是不是説給我聽，還是她平日獨處的夢囈：「好像我們終於可以把一些事情，永遠留在自己身上。」到了很多很多年之後，都不會忘記。

一頓，她瞟向傷口後又説：「不過，這下只是皮外傷。沒有傷到真皮層，結痂後也不會留疤痕。」

「那就好。」我回應，只顧低頭幫她撕開絆創膏，輕輕貼上。沒説出口的一句是其實她留不留疤，變不變醜，我都一樣覺得她好看。但我很清楚自己不該説這種話。

「不好——我還想著難得這晚有些甚麼可以留住。」她吐吐舌頭，倒是換我不肯定這是不是她垂下的一塊魚餌。

「這裏除了我甚麼也沒有，你想留住甚麼？」儘管知道有鉤，我還是不顧一切地咬下去。

前生的我可能是個溺死的漁人。

在那個我們越坐越近，近得我的唇上都沾上了健牌香菸味的

清晨或晚上，我深信我們在彼此身上留下了甚麼。

我以後就只會喜歡她一個。不可能不會。

「別動。」她突然叫住我，往我肩上伸手。她像那些技藝極其純熟的魔術師，在我耳畔打了一個響指般，就把甚麼從空氣無中生有變了出來。

「牠好可愛。」她把一隻落在我肩上的甲蟲捧在手心，珍而重之，用小小指腹輕柔撫摸牠的背，或頭：「我們幫牠取個名字？」

我看著她，幻想有天她會這樣叫我為我們的孩子取名。

「卡夫卡。」

她被我逗笑，一彎腰手心的甲蟲就飄到不知哪裏去。卡夫卡回歸自然，也許有一天會變回人類。那時我深信，哪管一天我會看穿她每一層軟弱不堪，哪管我們會變得熟絡不再意外。哪管一天她會老去，變得不再可愛。我都會永遠喜歡這個女孩。

我對著獅子山的破曉起誓。

到底是在甚麼時候，故事變得越來越不如人意？

我端詳鏡子前，這個穿著鬆身衣裙，剪著日系清爽短髮的女人，陌生得我連自己都認不出這人是誰。真是的，我年輕時還不相信，歲月真有這麼可怕嗎？那時我不知道年齡會改變一個人。更不知道婚姻會殺死過去的你。

如果樣貌五官純屬基因排序後的隨機概率，抽到高挺鼻樑、明亮大眼睛、白皙皮膚和均稱身材應該也算是大滿貫。我其實應該由衷感激母親。毫不費力就得來的華麗皮囊沒有讓我怠於打扮，年輕的我從來不愁沒有人來愛我。我悠然自得，不需像其他女人向對象獻媚，差不多把自己當成是商品推銷的姿態，我看著就心酸不已。我會等到有人跑來面前，讓他先開口確切請求我的愛，我才開始去想自己要不要愛他。下一步再想，要不要讓他知道我不愛。

也許是良心發現，後來我才知道這樣的自己壞透。我把別人最為誠摯的感情當成街上派發的免費面紙一樣，心情不好直接無視，心情好的話就接下，過兩個街口再扔掉。

大概到了中學，我抵達一個能認清自己醜惡的年紀，我就開始抽菸，甚至抽得很兇。我想毀壞自己，從各個意義上。我不想要這副軀殼，它顯得我內在更加醜陋不堪。只要不再有人來愛我，我就無法糟蹋任何人的愛。豈料同齡的異性生物如此膚淺自負，我將自己損壞，他們反倒更被吸引，覺得可以把我修好保護好。

後來我索性直截了當，施予最多的溫柔後報以最恨心的背叛，我不介意撒謊，而且要讓他們知道我撒謊。沒有比令他們知道自己根本毫不獨特，這種更強的報復。就像他們前仆後繼地愛上這個連我都討厭的自己，這種對我反覆施加的嘲弄同等惡意。

但他是我唯一一個沒騙過的男人。我至今很難說清原因，我有想過或者是因為他其貌不揚，但滿腔墨水，說文學說歷史，我一個字都不懂，但他說話的時候總讓我覺得他內裏好像藏了一座圖書館。他恰似我鏡像一樣的相反，人都索求自己所缺乏的。回想起來還是我決定嫁給他的，所以，或者其實是我決定殺死過去

的自己。

為了養育帶有我們基因的那個女孩，我就先必須除掉自己內心的那一個。所以我把心思放在經營家庭，甚麼護膚品化妝品我都沒在用了。只要想到有某個版本的我會在將來美好，現在的我可以瘡痍滿目。

那通電話為我帶來的衝擊之大，或許是在於我要認清自己居然也會有嫉妒其他女人的一天。要是那是我至親至愛、生於我長於我的女孩，那當然例外。但那個和電話號碼一樣陌生的她不是。早知美麗帶來的自傲並非取之不盡，年輕就應該省著用。

如果他有天覺得有人勝過我，那怎麼辦？我可是為了我們將來的女孩才會變成這樣的。

我有時想念那個充滿棱角，仍然唾手可得到一大堆愛的自己。真是的，那時候的我，到底是怎樣想的？

原來年紀大了真的會記不起。

皮外傷

其實我甚少向人提及我家的事，連剛交往的他也不例外，始終不怎麼動聽。許是年少氣盛，我不介意讓人覺得我的感情觀異常，卻絕不想讓任何人認為是家庭背景造就這種扭曲。我寧願相信我的缺陷是與生俱來，不是後來被人左右。

或者這種思想介乎微小定義上的偏強，已經很扭曲。

我不想讓人覺得因為沒有父親，所以我才特別依附於一段享有自主的感情，特別依賴男人前仆後繼去愛上我來填補成長中那個成年男人形狀的缺口。

佛洛依德不一定都對。

我和他交往時，所有的朋友都吃了一大驚。我知道她們都是出於愛護我的善意，所以才會說些甚麼他配不上我、以我的條件和這種人在一起是暴殄天物，諸如此類的話。在學校追求我的人向來不少，我卻出乎所有人的意料選擇了他。有時候人就是會做出一些自覺很瘋狂的決定。也許當下和他在一起，就是為了讓未

來的我去到某一個時間點，成為另一個命中註定的我？哎我在說甚麼，都怪我最近又在翻看保羅奧斯特的《4321》才會想這種事。

為免影響他，我們交往這件事儘量低調，我不希望愛人因為愛我而被指手畫腳地批評。

可是無論我們再小心，還是被發現了。

忘了交代一點，他追求我的時候，是另有愛人的。我也清楚知道這一點，但我不在意。他們的愛是他們的事，而我們的愛是我們的事。

我不曾嫉妒那個女人。甚至我認為他吸引，很可能有一部分源於他並非單身。我在他的桌面上見過她的照片，她長得像博物館那些油畫的女人一樣美，而且在畫框恆常靜止不動。

那時他還擔心我會不快，事實只是我看她看得太入神。我非但沒有因為他大意將情人曝露在我的目光下生氣，那天過後，我甚至比以前更無可自拔地愛他。

那時他還只以為我善解人意。

知道世上有另一個動人的女子同樣愛他，我竟然會有一種安全感，就似是有人向我點頭確認，我選對人。

我假想如果母親仍在，她會擔任這個角色。

我不敢告訴任何人這種想法。就算是多親近的好友，也只會加倍肯定這是我扭曲的愛情觀害的。

知道我成為第三者的友人問我為何要這麼委曲自己，一次不忠的故事說掉了牙，今天他會背著伴侶追求我，他日亦會同樣背叛我。他們都單純地以為我是被那些毫無意義的背德感所吸引，我不敢說，我內在所追求的或者遠比這更為黑暗。

友人循循善誘，著我看看旁邊游泳學會的會長，開朗健談，高大帥氣。山水相依，所有人都認為我倆匹配。會長一直積極約會我，其他學妹向他表白都被一一婉拒，就是為了等我一次首肯。只要我願意，就能擁有他所有的愛。

「很對不起。我無可自拔地愛上他。」我拒絕追求我的會長，我有喜歡的人，不要再來約我了。他不忿問我，你說的愛有多愛。他說，他都能給我更多。我告訴他，愛是你會覺得除了他，你任何人都不想要；甚至有種活到這一刻，就是為了在這個時間點愛他一場的覺悟。

這樣說的話，你會懂嗎？

到我意識過來的時候，我對他的感情已經發酵至我立願想要和他廝守終生。或者我很多年以後會後悔，或者友人說準他終會如背叛伴侶一樣背叛我。

但此刻我們最愛對方，不已是很足夠？

現在回想，年輕時我們兩個人可是經歷了這麼多才走到這步。大家見到無風無浪的細水長流，都是靠長時間努力經營回來，所以我不敢鬆懈，就如年輕時我也總是在節制飲食，沒有一天敢暴吃暴喝，身材一旦走樣就很難回復原狀，就算再瘦下來也不一樣。

結婚十多年，苦心經營的我不能讓一隻害蟲破壞這一切。

「我下午會去診所。」那天早上，他在臥室鏡前打著領帶結。我一邊向他交待行程，一邊替他把辦公桌上散落的文件逐一疊好，放進公事包。

「哦，好。對了，」他瞟了我一眼，漫不經心說著：「今天會晚點回來。」

「咦？」我一時失神，被鋒利的紙張邊緣劃損了指頭。我連忙閉上眼，怕有緋紅竄入眼球。把領帶結打好又再拆掉的他正專心致志，又好像心不在焉。他非但沒注意到我受傷，也沒注意到剛才我替他收好的時間表標明他中午就下課。

近乎理所當然地，我想起了那通電話。

「哦，開會。」他主動奉上原由，不待我開口追問是紳士禮節：「可能之後還要應酬之類的。」他的意思是，他給出了夜歸的理由，我就應該貼服地收下。

於是我忍住新鮮傷口接觸空氣帶來的痛癢，吃力忘掉自己的身體正在經歷一種緩慢得近似新陳代謝一樣註定的失去。但有些甚麼死去後或者就不會重生。

「哦，」我識趣地把話題收尾，為他把外套從衣架拆下：「辛苦了。」

我們的話變得越來越短。

我遞出外套，他接過，沒有留意到我滲血的指頭，甚至全程沒有觸碰到我的手。直到左腳踏出了家門，才像突然記起未關電腦一樣，記起應該要回頭吻我額角一下。

未了之事，總是多於我們能記起的。

我知道有天我們將不再說話。

在他離開後，我才踮起腳尖，在他剛才照著打領帶的全身鏡後掏出藥櫃，為自己的指頭纏上絆創膏。

這樣就好了。別怕。他知道我怕血，以前他會這樣撕起絆創膏的外封，小心翼翼地用掌心溫暖綻開的皮囊，對我說，別怕。我會忘掉傷口，忘掉恐懼，只記得被緊緊包裹的溫存。這樣就好了。別怕。現在我仍然這樣對自己說。

每天他上班後，這裏就靜得好像連時光都凝滯。有誰想過一張白紙都能叫人流血，暴露空氣都會痛。

還好只要貼上絆創膏，就不會再滲出血，不會有人提醒我受傷、失去、不再完整。

別怕。

在去診所之前，還有時間。我決定花點錢，拿著電話號碼去請偵探社的人告訴我女子的身份。他每次帶錢回家，總是叫我用來做點想做的事，不要整天閑著。而自從那通電話響起，我想做的就只有這件事。況且上次去診所的時候醫生也說，我要避免一切壓力來源。

替我工作的人很快就找到她，沒有隱藏來電顯示就致電過來

的舉動實在大意得可疑。回報上有她的一切個人資料,網絡和私隱大概永遠沒辦法共存。我一眼就認出附上的大頭照是那間大學的入學證件照,鏡頭前的她沒有笑容,就這樣直眼瞪住前方,似以美杜莎的氣勢透過相紙刺傷所有要看她一眼的人。

她就住在距離這裏兩小時車程的學校宿舍,上個月才滿十九歲。

十九歲是最美的年紀。就算板起面孔,不苟言笑,都不會有人討厭一個十九歲的女生。我不禁感嘆,十多歲的我也曾青春到蔑視世界,我喝最烈最嗆的酒,抽最濃最難聞的菸。即使有關係的綑綁,我仍敞開心扉讓路過的男人隨意叩門,收集虛榮,滋養那個瞧不起所有真心的高傲少女。

於是年輕的我一邊摧毀別人摧毀自己,另一邊繼續萃取仰視的注目,把自尊心越養越大。

成為女人決定真正去愛人後,才姍姍來遲的學習自愛。我穿長裙遮好大腿的刺青,在後街燃點香菸的火星轉成灶頭熬湯的文火。我繼續愛他,而且決意只愛他,仿如要履行婚姻賦予稱謂變

更後一種儀式感的體現。只是想不到要過二十多年，我才開始掛念那個輕浮的女子。

所有人都愛她。

所以當我從消息中確認丈夫外遇的對象就是這個女生的時候，我沒有急著發難或和他對質的衝動。我固然生氣，但與枕邊人欺騙我無關，我想我惱的是自己過往可以呼風喚雨，怎可能有男人會選擇另一個女生多於我？是甚麼時候開始，我變成了以前的我會為之暗暗心疼、那些求人來愛她的可憐女孩？

我在此刻最嫌棄的，可能是自己。

以前的我大概不會在意，愛人在追求我時多邊投注，我都不會感到不快──如果鏡子從世上消失，我不需要再見到自己，我根本不明白他們為甚麼要靠近我。可是現在已經不同，我為他蛻去了一切雜質，依從教科書一樣做好一個妻子的模範，做好了成為他孩子母親的準備。現在的我，理應比以前更值得被愛。

我摸著可以孕育幸福的腹部，掌心偏覺得有根拔不掉的刺。

幾天下來，我滿腦袋都是她在證件照的樣子。我和她唯一一次直接的接觸，就只有那次聽見她在電話腼腆道歉的聲線。真是的。我久違，已經差不多忘記一個陌生人讓我牽腸掛肚的輾轉。多諷刺。

沒怎麼睡的我一大早就出門，開了兩小時的車後才意識到自己根據地址，不經不覺就來到她的宿舍。我離遠守在附近，只為等待她的出現。起初我以為我日復日的監視工作只是出於嫉妒，像以前我最鄙視那些歇斯底里的女人拉住男人，哀怨地迫他回答：「我有甚麼比不上？」想找出答案是人之常情，但我不會做得這樣難看。一個獨立自愛的女人想知道的事，她會自己去找。

只是沒料到親眼目睹那張臉從證件照中蹦出，踏出宿舍大門後活過來的一刻，我的心跳會不自控的躍得那麼快。直至她離開我視線後的許久許久，我才記得要呼吸。

她是一個真實存在的人。

我千里迢迢來看她，想知道她是不是真有那麼優秀。如果她很好，好得我不能攀比，或者我還可以雖敗猶榮；如果她不好，

我也可以抬頭挺胸反為嫌棄丈夫不識好歹。

　　但在她從我視線中浮現又消失的短暫瞬間，我在車內的後鏡瞥到自己失眠的眼圈、憔悴的眼斂，我才驚覺無論她好與不好，我其實都一樣。

　　只要她是真實存在，我已經不可能像往日一樣，擁有全世界。

　　但我仍然每天一早就去宿舍附近看她出門，直到晚上待她歸家才離開。我一開始並不理解自己為何要這樣做，但只要是不用去診所的日子，開車來看她變成我每天的固定行程。我想知道她穿甚麼尺寸的裙子，顯得腰際線如此高姚好看；我想知道她用哪個牌子的護髮素，早上出門總是飄逸得像絲綢；我想知道每個月的哪幾天，她會和我一樣感到暴躁難受，而皮膚仍然完好光滑。

　　我不只想知道她的名字，我想知道她有多少個兄弟姊妹；想知道她喜歡哪個作家；想知道洗澡的時候，她會哼著怎樣的歌。我想回溯她的一生，想盤點審視她所作過的每一個決定，叩問她的八字是在何時奠定，在後天又如何雕琢出這個比我更完美的人。

　　一天中間，在宿舍等待她歸家的時間，我多數用來猜度她今天過得怎麼樣。

　　星期一，上課時間表填滿妳的一天。妳是那種擅於盛載無盡思緒的黑夜，還是於同輩之間閃亮的星塵？

　　星期二，妳捧著掛滿書籤的泰戈爾和辛波絲卡。真想讀一下，妳在作業所寫的詩。

　　星期三，為了匯報妳難得穿著正式，腳踏三吋高跟鞋悄悄顫抖，卻更挺直腰板不想讓人發現。妳可有想過，自己會長成哪種大人？

　　星期四，出門時刮風，妳高舉語義學教科書擋雨，跨跳水窪時，裙擺下悄悄露出的腳踝好像有傷。我想知道那是甚麼時候的事，想知道那個傷口是甚麼形狀的傷口。我想知道，妳會不會痛。

　　星期五，我終於知道妳愛去哪一家酒吧喝酒。有很多個晚上我看妳提著紙袋，裏面有熱鬧過後冷卻的發泡膠飯盒，我都會想像妳一個人回家翻熱一人份的派對剩食。

　　我像同時扮演最精明的偵探和最卑微的乞丐，每看她在我車前走過一次，我就俯身撿拾那些七零八落的線索，意圖想要在腦海重新組成一個她。

　　早在我察覺前的某天起，原來我睡前或醒來，第一個想起的人都是她。

　　我清楚那個被我養在內心的女孩已經死去很久，而她就像鬼魅一樣，活靈活現地存在於當下，真實鮮活。

　　他曾經說過，真正喜歡一個人，早在你意識到之前就已經發生。

　　也許是當那個身影推開宿舍大門，久未安寐的我好像戴上了老人灰白的眼睛，在殘影中見到自己年輕的身軀在同一個位置重疊。或者校園都真有某種時光倒流的魔力，把每一個人最美好的日子都扣留在這裏。

　　如果我們在同一個時代年輕，我會給比下去，而且心甘情願。她不是陌生人。她是我，她可以是我。

我們初次真正面對面的談話，是在星期五晚上。我算好一切時間，把車駛到應該要在的位置。我總是關掉汽車的頭燈，只為隔遠看妳雙眸發光；而這晚，妳也終於在燈火闌珊下見到我。

妳習慣在人群間發亮，仿如生來就熾熱的妳沒有因為我是陌生人而冷待我。我知道妳會打開我的車門，在我的副駕駛座攬上安全帶鎖上自己，我知道我們會一見如故地聊得興起。更何況，我又不是陌生人。

我看妳看好久了。

年輕十年的我或者也會向一個陌生人毫不吝嗇地展現熱情。對生活不期而遇的一切感到好奇難耐，每一天都渴望著有些美好的意外把我們從日日如是當中解救。

但我不再是那位雙眼發光的女孩。我是那種沏著熱茶，看到霧氣就覺得治癒，每天吟著安定最好的女人。

人終歸是要安定的。但她還不用。

那天晚上她一個人步出偏僻的酒吧。帶她來的男人接到妻子電話就趕著回家，沒念及她會錯過尾班車。

在傳出短訊叫丈夫儘快回家後，我就把電話關掉。

我看準她的不知所措，拉下車窗說可以義務載一程。我從駕駛座往外看，晚風把妳的髮尾吹得像快斷的風箏線。我默默祈求，妳不要太快答應，一個縝密自愛的女孩應該要對陌生人猶豫，用感性處世，而用理性惦量，一番不著痕跡的思考後，你會卻之不恭的應允點頭。

面頰通紅的她彎身，在車窗外對上我的視線水平。頃刻，她得體大方地對我點頭。

「謝謝姨姨。」有禮的女孩為自己綁上安全帶，我幻想這個舉動，是她定心要留下來的意思。但畢竟夜場附近，誰會對一個四十歲的女人懷有戒心。

「不用在意,」我扮作一無所知地安慰她:「有哪個女人沒試過被男人丟在酒吧。」

我販賣自己年少時的遭遇,儘管隔了一個世代,不是夜場的人事大多雷同,而是壞人並不會變好。年少的憂愁連接我們的共通,她跟我聊起她寫的詩、她愛的沙特、她偶爾會做但好像遺失了的夢。我的出現是刻意安排的偽劣,但惺惺作態總不免摻雜幾分的惺惺相惜。

「所以《嘔吐》說的其實是自由?」

「如果絕對的自由其實是存在的,這不是很可怕嗎?」

「我還以為,你會很喜歡。」我會不會其實從未認識她?

她搖頭:「因為人是終究不得自由,而如果這回事不幸地存在,但我卻沒法擁有,這不是比起認為它們根本不存在更可怕嗎?」

她的話像流水掠過我的耳畔,我似懂非懂,一邊佯作專心,

一邊悄悄打開天窗，讓她散散身上的菸味。

「抱歉。」顧著說話的她頓時停下來，細膩敏感地嗅嗅自己的衣衫，竟向我道歉起來。她向剛認識的人袒露自己所思所想，一滴不剩地挖空，通通掏給你看，當成故事說給你聽；同時，她又在恰好的時刻告訴你她沒有得意忘形，投入仍然不失縱顧全局的溫柔世故。

我們聊得暢快，好比高速公路上沒有一個需要停下來的時刻。我活過她差不多雙倍的人生，所以我在她身上找到紀念冊；而她在我身上見到預言書。她會對我好奇、信任、欲罷不能、想知道更多也是必然的。全因我太知道一個女人會經歷甚麼快樂和要面對甚麼失落，也太清楚兩人歡愉過後只有一人回家的患得患失。

後來她瞥見我方向盤上的無名指套有指環，識趣地沒再談及關於男人的話題。

世故聰明的女孩。

「雖然男人很壞，但我可是很愛我丈夫。」我坦然，只是也沒

041

提及自己的壞。

她若有所思，想起我們走過的路或者類似就感慨荷爾蒙與生俱來的定型。女人感性，我們捨不得內心的少女，在成人的世界總是吃虧。

「喜歡一個人，是不是可以喜歡到連自己的喜惡、自己的道德、自己是誰都不重要？」她以向前輩討教的語氣問。她在方向盤上首先見到的，是我為自己包的絆創膏。

「嗯，」我想起自己委曲至此，像作賊一樣躲在車廂把她的日夜盡收眼底。年輕的我，可有想過自己會長成這種大人？

「應該是吧。」車外的風景以時速一百二十公里迅速劃過，再模糊都不重要。

她把纖細的手臂伸出車窗，想像五指可以吹得變成流動的液態。在風速的雜訊下我隱約聽見，她說這可能是人最接近絕對自由的瞬間。如果存在。

　　離開前她提議我們交換聯絡方法，説改天要請我喝酒聊表謝
意。她用酒吧的餐巾，寫下那個我倒背如流的電話號碼，今天已
經不再像來電時唐突陌生。分別前她又一次彎身，穿過駕駛座那
邊的車窗，在我額角的相同位置又吻了一下。

　　像我丈夫早上所做的，有時。譬如今早他就忘了。

　　我把車開走，在那之後的很久我才告訴她，我在那個能隨意
把人變大縮小的倒後鏡中見她推門步入宿舍的身影，又見到了自
己，又記起了那個年紀的我有多渴望一種穿透虛榮的愛。

　　真是的。

　　如果妳是我，愛上妳的他是不是就等於對我忠貞？

　　「我訂了室外座位，沒關係嗎？」翌日上午她就打電話過來，
問下午能否見面。我説可以，早上還得最後再去診所一趟，之後
都會很閒。

　　我們坐下來，點了兩杯美式咖啡。秋風拂過，我連忙按住侍

應堅持留下的午餐餐牌不要吹走,她打開健牌香菸叼了一支。

「我以為妳上次說想要喝酒。」我猶豫半分,還是把菸灰盅推向她:「至少我不會把妳一個人拋在酒吧。」

她吐吐舌頭,口腔煙霧瀰漫:「我前陣子剛刺青,喝酒後有點發炎,今天就不喝了。」

「你有刺青?」我有點吃驚,自己日夜視察竟然從未發現:「我也有。」

我從戶外餐桌下伸出右腿,俯身把長裙揭到大腿的位置。那是我差不多二十年前刺的,一雙彩色的鴛鴦。時間把人打成褶,摺疊踩躪,又再攤開,該糊掉的細節都糊掉。但我沒有太在意,反正所有珍貴之物如是,時日會沖走一些紋理。可能只是我已活到某個足夠豁達的年歲,習慣終會遺失點甚麼。變形變醜,都像生老病死一樣應該。

她又咳出一串像鈴鐺的笑聲:「太巧了吧。」她朝我蹺起腿,展示腳踝那吋皮膚的時候,我打從心底,起了一身久久不能平息

的疙瘩——她刺了一雙水墨風的鴛鴦。雖然風格完全迥異，但世上有過萬種鳥，偏偏選了同一雙。

不過世上也有八十億人口，我們都選了同一人，畢竟。

　　將睡未睡的夜，他躺在枕邊輕撫睡袍下露出的一雙腿，問我是不是真的決定要去刺青。

「為甚麼不？」

「我不希望你後悔。假如人有一百歲，你肯定自己八十年也會喜歡這個圖案？」

「刺甚麼圖不是重點，」可惜男人都只解衣扣，甚少會解女人的心思：「它的意義才是。」

　　由我付錢請來創傷我的人，他會挖開我完好的皮膚，手執纖細的利針霍霍霍霍地不停戳記，強行植入人造的歡快色彩。待血

液開始從綿密的針口之間不斷溢出，他會仔細地將我傷痕累累的肢體用絆創膏牢牢包好，輕聲細語教我如何護理這個渴念的傷口。試想世上有幾多傷害過你的人，會如此溫柔地轉個頭施予這等呵護？我這片皮膚會像山野田地一樣被開墾，任人作踐蹦殘暴的業，收美不勝收的成。

「為甚麼要紋鴛鴦？」他説鳥有這麼多，偏要選這個？他好像對此有點不耐煩，但也有可能只是我的錯覺。

「大自然界裏，大多哺乳類動物生而俱來都是一夫多妻制；雀鳥呢，大多都是終生配偶制，但鴛鴦就是例外。牠們在一起的時候，基本就只有交配期。過後雌雄雙方都會另找配偶，又隨時離棄。人類自身也是哺乳類動物的例外，還反過來藉道德觀極力批判終生配偶制以外的一切關係模式。

更弔詭的是，擁有如此執念的人卻在芸芸動物之中，偏偏選了一夫多妻、不忠不貞的鴛鴦作為情愛的最高象徵。是不是很諷刺？還是，他們在曲線突顯人類社會的婚姻制度有多落後？」

我難以相信，竟然要由我向他解釋鴛鴦在社會以至文學的意

義。他應該比我更懂吧？但我不介意多說一遍。這個故事很美。

「刺青是一輩子的。」他嘆了一口氣，似是放棄勸服我。

「我希望我們也是。」

到底我曾以為她腳踝的絆創膏下藏住傷口，這個先入為主的誤會有多愚蠢？明明我也擁有一樣的傷口，也會疼痛，也需要絆創膏抱緊，擋絕在外一切風霜才不會發炎，不會含膿，不會一聲不吭就讓你千瘡百孔。

「為甚麼要刺在沒人看見的位置？」她不經意就把手放在我大腿的圖案之上，用指腹柔柔地搓。我的皮膚很久很久沒被印上新的指紋，但此刻要是躲開就會顯得我封閉又生人勿近。我不願留下這種印象，在她面前。

「那是我年輕時刺的，就在你的年紀。」我故意把話都連結上她：「當時會擔心被人看見，找工作不容易。」

「你不是沒在工作嗎？」我昨夜好像有告訴她，我是家庭主婦。

我開了個在正常情況下無傷大雅的玩笑：「還好我『老闆』不介意。」要是我沒記得他撫摸過兩副刻有類此圖案的皮囊，如此巧合，或者我也笑得出來。

她眨眨眼，似乎沒在聽我的話。你會覺得她這雙眼本身就會思考，而你會好奇她此刻所看見的世界，和你眼中的有甚麼不一樣。

在我意識到之前，放在大腿的手不知何時已經降落到我的手上，她輕輕挑起我的指尖，反覆惦量：「你還在貼這個。」

「只是紙割的……」昨日洗澡，我換了一塊絆創膏包覆傷口：「不用在意。」

「貼上絆創膏，不就是想有人在意，有人來問問你怎麼了嗎？」像疫症還未肆虐時，沒化妝的女同學們總會不時就戴上口罩，心儀的對象若然有意，自然會走近施予關懷問候。像在高級餐廳一招手，候命的侍應就會恭敬迎來。

見我無言，她又追問：「不然為甚麼要告訴全世界，你受傷了？」

「那是不想傷口沾水發炎……」

「你知道嗎，皮外傷是給人看的，根本不會構成甚麼生命危險。」

我一頓，心裡想問她這是甚麼意思？妳不是溫柔得體，世故到近乎刻意的女孩嗎？我試圖用眼神讓她知道我的不悅，一般稍為會觀言察色的人都會識相閉嘴。

但她不是一般人。

「渴求關心並沒有錯，你也畢竟真的受傷，」她沒有停下的意思，像是這段話早就如鯁在喉。我試圖從一雙游離的眼中猜透這是真的同理還是假的憐憫，但一雙明眸太深，湖畔的人未見到底已被深深吸進去。「但你的傷口不在外面。」

她撕開我指頭的絆創膏。我下意識閉上眼，不忍直視傷口，

但她著我睜開眼。

她足夠聰敏也夠細膩去看穿一個人所懷的恐懼。她叫我別怕，說她會在。

我瞇著從眼縫窺看，本來還在滲血的開口已經完全癒合，只剩下因長久覆蓋而悶出的皮膚皺褶，比當初紙割的傷口更深。

但我已經不會痛。

不知為何，我好像能從她的外表就看出內裏的誠懇。是我錯覺加諸浪漫，還是這份力量的確強大？就算是她誤解，我也覺得可能只是那些潛藏在我心底的想法連自己都騙過，卻被她看見。

「真正痛的傷口在哪，你自己要知道。」

我以為我比她年長二十年，累積了這個世界等身份量的惡意後，我清楚她會比她更清楚我。我自負地以為自己在那種架於偵訊室的單面玻璃背後，在通透的一面看清她一舉一動。

　　但她偏在那張玻璃之外，柔情萬千地正眼看進我的瞳孔，朝我微笑、眨眼、招手。她甚至伸手放在玻璃之上，渴求訊號接通。仿似在告訴我：我們都一樣殘破，我不怕直視妳的傷口。所以，然後她會像施展魔法，打開偵訊室的門，說我已經獲得許可進入。

　　咖啡廳的她就在我旁邊，手仍然搭在我的之上。這個世界的我們沒有玻璃隔阻，也不需諜戰心計。她手沒有放開，直至侍應來催我們加點咖啡，直至太陽下山，直至街上寥寥無人。一直都沒有放開，就似直至世界末日。

　　那刻我堅信，這個女孩的溫柔可以叫大氣層的傷口癒合。

　　「有件事，我要告訴妳。」

　　我把自己每天停在宿舍門前的事告訴她。面對這等坦誠赤裸的情感，我無法再把自己困在單面的小房子之內，我不忍再漠視她要求接通我的訊號。我也告訴她，知道她和我丈夫的事後，我本著想查清外遇是甚麼人的心情接近她。我更怕那個逾期住在我心底的冷傲少女自尊受損，多於怕丈夫變心本身。

這才是傷口的本身。

我曾經祈禱千百遍,請妳一定要很完美,很完美。那個驕傲了一輩子的少女,才不會因為輸得不甘心而死去。

「我本來還想,要是我知道是哪個女人敢搶我的,我一定要把她撞得遠遠,甚至要把她像家裏的虱子害蟲一樣徒手捏碎……」我闡述那時的想法,傲慢驕橫的少女從我青春期起就沒離開過,一直住在更深更深:「家就是女人的臉,我怎能容忍有多出來的異物存在?」

可是,那是我遇見她,認識她之前的事。

她就這樣靜靜地聽我說話,一直直視我的雙眼,不時微笑點頭。你會知道她沒有在擅自思考,沒有在裝作傾聽但心裏默默盤算要怎樣作答才夠得體漂亮。她在聽的時候,就真的只是在聽,把一字一句,甚至你的一下停頓一秒呼氣吸氣全都聽進去。無論我說的話有多重多直白,多像毫無道理的暴風大雨,打落在她身上竟都變得像羽毛飄零一樣輕盈。

我說到，我曾經有多想把他的外遇像蟲子一樣捏碎。

「但如果是妳的話，我覺得不可以。」

我說成是只要丈夫過得比較幸福，我可以將自己放得更後。
但事實可能是，我更想這個少女幸福。

我的少女理應死去很久，但她還未。她應該更幸福自由地美
好。年輕的我如果也曾這般被愛，哪管是來自一個比我年長十年
的女人的呵護，或者也不致如斯破落。

那個時空的我，會長成一個更好的大人。

唯獨聽到這裏，她平和的神色就閃過了一剎憂慮。

「請妳不要，」她眉頭稀有一皺，勾上愁緒：「請妳千萬，千
萬不要離開教授。」

她這樣話出乎我意料。她不是那種會在情敵前退讓的女孩。
至少以前的我不是，今天的她不像。

　　她見我靜默，把身子傾前，意義不明地挑眉問道：「你知道那天我並沒有打錯電話，對吧？」

　　「但你明知，中午他在學校……」我不解，非常不解。妳為甚麼還要打過來？

　　「這我當然知道，」她視線由街上的磁磚，一擺爬到我臉上：「我是來找你的。」

　　偵探社的人說過，沒有隱藏來電顯示的舉動魯莽得可疑。她可是個四清六活的少女。

　　「我啊，也看妳看好久了。」

　　早就想告訴妳，我看得出我們都一樣殘破。

　　妳在車廂鬱結半天悶出的眼神早就說明一切，我反而詫異博學的教授甚麼都懂，卻沒看出妳刻在眉頭額角的神傷。如果最壞，

妳不想輸給我，可是他已經愛上我而徹夜不歸，妳就覺得，我一定要夠好，好到連妳都認證點頭後，妳會黯然離開，用孤獨懲罰自己。

如果最好，妳也會慢慢愛上我。在看見妳的一刻起，我就不想妳孤獨。

我沒告訴妳，我早就聽過妳的名字，甚至見過妳。妳知道嗎，他辦公室的桌上擺有你們的婚照，年輕時的妳漂亮得叫我自卑。但現在的妳鬱鬱寡歡，一個人躲在供款未完的廂型車。

是因為他？因為我？還是，因為妳內心那個從未死去的少女？

他們——或是應該說我們——在你心頭盤踞不斷，妳想起他一次，就嫉妒我一次，就把過去高傲不已的自己殺死一次。妳每天重複這種自毀程序成千上萬遍，火車輾過同一片青草原，反覆至春天成為旱地。你不能原諒自己，所以不停摧毀自身，像年少時一樣。妳要讓僅餘的美好一滴不剩，這樣妳才能堅定徹底地痛恨每一個的妳。

#001 皮外傷

傷口密密麻麻，新舊交錯。你用絆創膏一塊又一塊包裹自己。

我有很多次在停車場遠方看妳，目光愁苦，像下雨過後賴在溝渠邊緣，那些灰灰黑黑濕答答的紙巾團。我好想跑過來撫摸妳每一吋傷口，好想告訴妳這些殘缺其實不重要。如果可以，我想抱住妳，代替那些只有塑膠味消毒味的人工皮膚。

這些傷口不會害死妳，甚至不會帶來劇痛。我們可以直視它滲出血絲，血流如注，感受我們內在產生卻甚少有機會觸碰的身體部分的溫熱。

要是妳不敢直視它，我可以。

別怕。

我終於可以向她娓娓道來，我所渴望的愛是何種形狀。我好想告訴她，因為妳我才知道有人等我回家的感覺。

在夢中彷彿已演練過這一天多次。

太多人認為我出身破碎家庭，自把自地認為我的扭曲導致我也想拆破別人的家庭。事實是，我對所有想離開妻子來追我的男人都沒有興趣。

父親早逝，拋下鰥寡孤獨的母親含鬱而終。我不喜歡這種會拋棄女人的男人，無論生離還是死別。你們傷透她們的心，不可原諒。我過於強大的同理心連見到一隻蟲子被拍死都會心裏抽搐，這些美麗的女人值得更溫柔。

那次在山上看過日出，他頻頻約會我。我喜歡他不像其他男人，見我時總會除下婚戒，將手機設成靜音，和我在酒店漠視那些冠上他們姓氏後卻得獨守空房的女人。我同理那些在家獨自焦急的靈魂，和她們一同感傷。我在這些男人身邊都睡不著，他們見我滿腔心事，還以為沒有給我足夠的愛而更常把那些女人獨留在家，我又理所當然更加愁容不展。我的每一段感情都以同等方式告吹。可憐那些男人苦苦央求我告訴他們有甚麼做不對，誓神劈願說會改能改，卻從來不知道自己在第一天就做錯。

但教授不一樣，他會用戴上婚戒的左手牽我，會向我落落大方地稱讚妳把恤衫熨得好，在約會期間接到妳的電話，他第一時

間就趕回家。我在他的辦公室見到妳——看他會把你們的婚照放在桌上最顯眼的位置——穿著婚紗，用手掩嘴而笑的模樣。我頓時就明白，因為妳是如此優秀而讓人不得不愛，所以他不像其他男人，不會當妳是隨手可棄的垃圾，即使內心有一個他無法自拔地愛我。自此我每次看著他都想起妳，想起妳愛他，只要被妳愛過的甚麼都像被灑上星光一樣耀眼。他用戴婚戒的手牽我，我會幻想，那小小的銀環是妳，然後捉得更緊。

那天妳在酒吧開車接我，我心跳得好快。一直只在他桌上的相框存在的妳就在我旁邊，用被妳恆久掩住的嘴跟我聊天，對我微笑。我看著擋風玻璃在夜裏，反光微弱映出我倆並坐，像我們合照。妳說起那個年少時自負孤高的女孩，她昂首闊步深入最危險的森林，從不狩獵而是在不同的獵人之間打轉，讓他們甘願成為自己的獵物，而故事的最尾是女孩找到堡壘，推門一刻就變成了女人。妳問我有否想過自己會長成哪種大人，那時我沒說話，只看著妳。妳再問我一次，我仍然只看妳。

我知道要是我不打那一通電話，妳永遠不會看見我，因為文學教授剖析別人的時候，總是滴水不漏。他如果要騙妳，永遠都不會讓妳知道。我知道只有用那種方法侵入妳最在意的家，妳才

會憎恨我，然後來找我。只要妳看見我。妳好奇，妳也關心。妳至少，會在廂型車上等我回家的時候想著我。

我好想告訴妳，我們可以認證對方的選擇，真誠而不嫉妒，把對方的愛情當成是自己的。血液流通我們整副軀體，指頭溢出的血，在上一分鐘可能是手肘的血、腳踝的血、心臟的血，但我們不會這樣區分。他在白天愛我，我是被愛的；而他在晚上愛妳，我也會感到被愛。所以如果他傷害妳，我也會受傷。

這難道也只是我的同理心作祟？

妳不需再怕沒有人懂妳。我繼續捉緊妳的手，心底為著終於可以碰到妳的指環而激動不已。

我知道家是妳的皮膚，妳不想它受傷破損，小心翼翼地維護它。那天晚上，妳說了許多妳母親教會妳的事，全因為妳感到不安惶惑，妳說人終歸是要安定的。我聽得內心好難過，妳明明會成為一個好母親。

「要是我成為妳家的一部分，妳可也會這樣愛我？」

我用牽住妳的手撫摸妳的腹部。一直放在這裡，直至等到妳終於認證我能成為妳的一部分，包裹妳所有血肉的皮膚。

我坦誠和丈夫說我去見她，緊接在我把診所的事告訴他之後。他眉頭一皺，像讀到一首語景錯置的壞詩，但他似乎想繼續讀，於是我繼續說。

她跟我講了好多他們的故事，他如何用追我的方式追她，用牽我的方式牽她。我覺得這些故事好美，哪怕男主角是我的丈夫。或者是因為她立志畢業後要成為小說家，所以過的人生都像故事一樣美，角色都像被精心設計過一樣，善惡交錯可憐可愛，叫人無法馬上就愛或乾脆去恨，所以路才會長。至少，我們從未上過獅子山，也未有分享過一根菸蒂。

丈夫低頭不語。像這樣，我們終有一天不再說話。

「對不起。我無可自拔地愛上她。」

在很遠的地方以外，會聽到我們屋內傳來一陣歇斯底里的哭喊聲，哭得撕心裂肺不能自已。保安登門關心，我知道他是出於好奇多於憐憫，因為我見識過世上碩果僅存、真正的同理和溫柔。我會告訴以關懷包裝八卦的鄰居，只是有甚麼粉碎掉了。

很多事會把人折磨得扭曲變形，半滴血都不會讓你流。

人終歸是要安定的。

自從發生那件事，我的心情已經平伏許多。事情既然這樣發生，我寧願相信這是命定，多於是我們任何一人在哪個時間點做錯了哪個決定。那天打擾了鄰居和保安，在電梯或大堂碰面時我還是把頭低下，內心過意不去。一個大男人哭鬧實在失禮。自此，我覺得他們老是盯著我們家的門看。

那個她不再戒菸了，家裏整天煙霧濛濛，反而換了一種氣氛。我們結婚多年，她一直渴望懷上孩子。她認為一個家得有孩子才完整，談戀愛就應該談未來。為了這樣她不再抽菸，女人為了家而付出的意志力讓我也吃驚，我認識她的時候，她抽菸可兇。我

們多年來嘗過不同療程，診所突然一天就告訴我們不應該再試。像宣判我們死刑一樣堅決不可抗，不過對象是我們從未有幸擁有的孩子。

多年的療程使人身心俱疲，我們的親密變成有原因的親密，像要履行甚麼醫囑一樣精準，最累人是不斷在期望和失望之間徘徊，最後才發現一直在跑的不是直路，而是圓輪。關係或者也是從這裏開始變質。是我先愛上別人，不能怪她。

那個她不再和我偷偷見面。我該早就知道這不是她想要的愛，不是這種形狀。她是如此獨特又對世界好奇，一般的愛情不可能滿足她從父母雙逝帶來的長久空虛。有時見她和她新的愛人親密摟抱，我一開始還是不能直視，心裏總是覺得難以接受。尤其是當她注意到我的難堪，又會有意無意到把目光定在我身上，似是用一種最大的溫柔威迫利誘我去看清她的愛終於可以回復原狀。

對於她主動讓她搬進來我們的家，我一開始是很詫異的。

她們分享同一根菸，有時談及一些形而上。我一向知道那個她聰明伶俐，畢竟我的學生之中，只有她十九歲就會去看川端康

成。我很高興，終於有人能和我分享家中的書架。

「所以我還是認為，這段沒有起到應有的作用。」那天晚上，我們在家延續課上未完的討論。她在寫作課上呈交的一篇作品，有個比喻我認為應該刪去。文章簡潔是很重要的，可加可不加的，都不該加。

但她竭力捍衛著自己的文字：「這個不只是用鴛鴦的習性來比喻關係，背後在談的是唯心論和唯物論的辯證。」

「你的意思是，你在探究到底是人對自然而然的動物生態加以闡釋，還是因為先有人對關係的意識形態，這種習性才會出現？」

「是自然本身的意志，與人無關。」

「……所以我們現在，談的是物自體嗎？」

坐在餐桌另一端的她自不知何時已向我們傾前身子，漫不經心地繞著耳後的碎髮。

　　我意想不到，她居然會對這種話題感興趣，她不曾問過我關於任何書籍的問題，或關於我的問題。我傾向覺得是她不再去診所，不需整天一個人困在名為女人的皮囊之中，萎謝少女應有的驕縱。

　　我想起學校那些聯群結隊的女同學。少女都總會在另一個少女面前更加少女。

　　「書是在你書櫃上拿的。」在只有我們的時候，她在我們睡房的抽屜取出一本住在這個家裏應該已有十年，她卻是第一次拿起的哲學書。

　　「我都記不起上次我們這樣聊天是多久之前的事。」她曾經說過，怕我們有天會不再說話。

　　「可能只是年紀大了。」現在我們都可以否定這種被她詛咒似的宿命。

　　她總是說自己年紀大，不再是那個在高中課室一笑傾城的少女。我總是告訴她沒有這回事，陪她長大的這段日子是我遇過最

美的事。她總會歪頭微笑，明知我在客套卻不會拆穿。

最強大的力證不過是二十年後當我遇上那個和她極其相像的少女，仍然再一次無可救藥地愛上她。

或者我終其一生都無法理解她為何會在追查我的外遇對象期間動情，但我開始習慣直睹她們擁抱，仿似兩副差不多形狀的皮囊相互重疊，一層長出一層。如果她們就此不動，可能就會化成同一片皮膚，連臟器、思想都能接通共享。

她有她懷緬自豪的過去，而她是她憧憬期許的未來。

想起無論在哪一個時空遇上哪一個她，我都一樣為之傾倒，這樣比較易懂。

她說是我們假設愛有稀少性，才會生出嫉妒、才會覺得一個人的愛，理應只夠一個人分。但如果愛本是像體內血液與時共生，自由流動，夠愛就不會有人死去。

就算有時相互創傷，過後總能彼此療癒。

　　我答應過她們，永遠只會愛她一個，分別地。結果我都沒有
做到。

　　還好，妳們也沒有。

SHAPE OF LOVE #001

DIAGNOSIS:

多邊戀 *POLYAMORY*

ADORE

又稱多元之愛，指關係中人數大於「兩人一對一」，且參與者皆知情同意的浪漫、戀愛、交往、伴侶等關係。多角忠貞（Polyfidelity）與開放式關係（Open Relationship）不同的是，組合內任何成員同時存有親密關係，並承諾浪漫或性關係僅限於組合內部，同樣重視關係中的溝通、信任和尊重。不允許與外人保持親密、浪漫或性關係。因此，多角忠貞與一般的單配偶制都屬於排他性關係，而有別於開放式關係。

多元關係在實行一夫一妻制的國家及地區一般不受到法律保障。多元關係在實行一夫一妻制的國家及地區一般不受到法律保障。全球約有百分之二人口處於多元關係之中，但現時僅有巴西及美國薩默維爾市有把三角家庭合法化之例。

他們說身上流著甚麼血，就代表你是甚麼人。

王國自稱的文明賦予國民一切自由的權利，只要是流著他們的血，就可以為所欲為。在我出生以前的某個久遠年代，我們輸了一仗，世界的天秤就此傾斜，斜得形成一弧坡度，自此所有人都說地球是圓的。我對「家」還未有記憶，他們就把它奪走了，我的族人都在和他們的戰爭中亡故，只有剛出生的我存活下來。

敗者為寇，我活了下來，在他們的囚牢中一天一天死去。

這些都是我長大後得知的。當時會留下我的命，全因他們得知我的家族身世顯赫，流著的血和他們不同。我怪異地對進入王國之前有過一幀依稀的印象，模糊得我甚至無法判別自己當時的年紀。我只記得當時我還在王國外面，那個還有綠色而不是只有灰色和磚色的世界，有一幅溫熱軟糯緊緊地包裹著我，而那到底是孩子穿的外套、幼童用的毛毯、還是嬰兒的襁褓，我到今天仍不得而知，最難忘懷的是當時四周環繞著我的一種奇特的氣味竟讓我無比安心，至今在世我也未曾嗅過一樣的香氣。

要說的話，我對這片記憶較為清晰的感官只有觸覺和嗅覺。

我不知道是我忘了還是當時的我因為某種原因而被封鎖了視覺，曾經我以為外界一切不過是一片朦朧，長大後才知道，那些都是充斥每一吋空氣的惡意。

他們的文明不知道打著甚麼主意，堅信可以從我們的血統中取得某種好處，以壯大他們以高等包裝的橫蠻。成為高等很容易，只要確保下面有人供你傲視、任你凌駕。一切都是相對，只要下有更低等，巧取角度，低等也可以成為高等。

一直以來，囚牢只有我自己。說是牢獄，但有些人會說這是天堂？王國說我是貴賓，也的確待我如貴賓，每天照顧我的起居飲食，稍為生病就會緊張兮兮地把最好的醫生請來。我們的文明沒有王國般進步高明，他們在戰爭中掠地攻城，坐擁無盡資源，對我的厚待不過是從指縫間漏下來的一種投資，深信我的命能為他們帶來更多，同時要取走也是輕易而舉之事。他們每次高高在上地俯視我，明明伸手可及的一段小距離都在反覆提醒這一點：我沒有流著他們的血，所以我甚麼都不能擁有。

我連語言也被剝奪，王國沒有一個人能懂我說的話，我甚至不知道現在說的這些能被聽懂多少。但我想，被困也沒有更好的

事可以做。如果有人願意聆聽，我可以把自己的故事說上一遍又一遍。

在認清現實之前，我曾湧現過無比愚蠢的想法。最蠢莫過於錯信王國的人。

雖說在這裏養尊處優，但王國和我本來出生的氣候環境不同，從小到大都經常病倒。有好一段時間都由同一位醫生看我，就是那種看我的眼神，屢次讓我在病得迷迷糊糊之際以為他和王國其他的人都不同。而我始終無法分辨，那是源於我沒吃藥還是吃了他開的藥所致。

「你是個漂亮的女孩。」

血統帶給我們棕紅色的眼眸，白色的秀髮。我在鏡子前照看自己，也覺得醜陋無比，和王國金髮碧眼的人都不一樣。我像一顆寄生在蘋果樹上的柑橘，不合常理又無法否定的存在。

「他們說我好奇怪。」我其實可以理解門前的守衛為何會這樣說我。還有那些從異國來出訪的貴賓，人家遠道而來，作為酬賓

的環節，王國向他們得意地展示自己用武力徵收而來的成果，並稱之為進步平等的文明。我像博物館那些置在雲石臺座擁有一千歲的展品，被小心供奉、被重重圍困。他們不許人觸碰我或對我打開閃光燈拍照，但除此之外，想投向甚麼目光都可以。

　　他也不懂我的語言，像王國沒有一個人懂。但他會看著我，聆聽我在嘴裏發出在他人耳中毫無意識的囈語。他會等待，紳士地留下一段空隙才再對我說話。儘管他聽不懂，但這段巧妙的空隙像帶有魔力的法術咒語，他讓對話留白，好像他正在思考要怎樣回答異國女孩流落的心事，好像這真是一段對話似的。

　　「我沒看過像你這樣的女孩。」

　　身分讓他可以無視禁止碰觸的命令，他撫掃按壓過我身上每一吋皮膚，好的壞的，他彷彿都能一一修理好。絕望時我試過用肉身作為武器，想要衝破這個囚牢的大門。我把自己撞得焦頭爛額，雪白通透的髮絲沾上像我眼眸盈盈的血紅。還在說是道非的守衛被嚇得要命，連忙把他召來。

　　我試圖逃跑的事一日千里，王國的上位者焦急得像快被灼熟

的蝦子一般，跑來我的住處關注事件。他沒有理會焦躁的大人物，將注意力放在綁好每一個繃帶的結之上。我看著他，好像在我身上打上一個又一個的蝴蝶結，我見過王國的女子都會這樣做。這樣一來，他也會覺得我像他族的女子一樣好看？

上位者們又急又氣，質問他為何會在我身上發生這種事。我的命是王國重要的資產，不容有失。他不徐不疾地應對一切質疑，對一切游刃有餘的餘裕顯得他比高等的上位者更為高等：「她不適應這裏的環境。我可以開藥，但她很快又會再病倒。」難得他明白皮外之傷，問題是在看不見的地方。

「有這麼麻煩嗎？」上位者們交頭接耳，似是終於意識到要養著異族的血統，就如要養鹹水金魚一樣沒看上去般簡單。

「沒辦法，她很特別。」他揉搓自己的指頭，上面沾有我額角流溢的血，反覆磨蹭，並沒有急著擦走，他對上位者們說出這種話：「你們都是因為這樣，才會留下她的命吧？」

聽見這話，我暗自起誓，如果他的文明是一種文明，我必定誓死追隨膜拜這個王國。

「我知道你可能很想見到我，但請好好吃藥，至少在冬天之前不要再輕易病倒。」他揉搓我的頭，像往日一樣，只是巧妙地避開了包紮過的位置。

我知道我們當中肯定存在甚麼。儘管我們唇齒間进出的語言並不共通，我們體內流著的血也無法像開水和開水倒在一坨後渾然天成。如果這個討厭的王國有甚麼原因令我在手握一個下秒就讓它原地爆炸的按鈕時仍然選擇不按下去，他會是唯一的理由。

「你可以帶我走嗎？」在某次回診只剩下我們的時候，我終於把想法道出。他一下子無法理解我的語言，但他總會閉上嘴傾聽。

「我想離開。」我用上手勢、眼神、全身上下每一吋念力指向大門，反覆而堅定地向他表示同一個訊息：我得離開這裏。

「我的病只有這樣才會好。」我知道他也知道。

我沒法把再複雜的意念繞過語言傳遞，若然可以，我會告訴他我真正想要的是他帶我離開，我們一起離開這座監牢，不要再在我病倒的時候才可以見面，不要只在我意識不清的時候他才會

溫柔地觸碰我。

如果他有任何一刻能夠治好我，我會說就是在我待在重門深鎖的大門前，用眼神肢體意念一切有形無形來央求他帶我走的一刻。我能為他付出一切，只要他為我打開一扇門。

如果說有任何一刻我曾以為自己會得到幸福，被關入高塔的騎士救走，我會說是在他和看門侍衛交頭接耳，放聲用我聽不懂的笑話刺破空氣，翌日門上就多了三把鎖頭的之前。

至少原來他懂我的話。

王國的爪牙遍佈四方八面，無論是送上豐盛大餐的侍者，日夜照料我的保姆，或單純能令我晚上睡得安穩一點的醫生，誰都是他們的人。他們每一個人都知道發生在我家族的事，以他們的文明這等事誰都知道不妥當，但沒有一個人想要來幫我。無論說過多少遍我想離開，哭鬧央求，他們都像被訓示過要如何應對一樣，官腔擺出偽善至極的和善微笑，不說話就轉身，繼續鎖上我的逃生門。

我甚至懷疑，他們一直以來只是假裝聽不明白。

誰叫我的要求從來如此簡單易懂：我只想要回家。

王國任何一個人都不可信。文明賦予他們的語言複雜又難懂，巧言令色，他們說出一句話，你得像拆除炸彈的專家，小心翼翼抽絲剝繭，生怕一不小心就會引發軒然大波——文明可承受不起混亂。然而炸彈被拆除後，他們從未考究過炸彈為何會存在，是誰絕望得要埋下藥引。

文明對此沒有興趣。

我曾聽過有人在背後說起我，他們說王國對流著稀有血脈的我施予無微不至的照顧，比起我隨著家族慢慢衰落更好。說是償還也好，恩情也好，反正都是他們捏造的詞，虛浮的文字對真實的家仇國恨，一點意義都沒有。我還是要每天嚥下他們送來的餐，咀嚼不知夷平了哪個族而割來的瓜果。

老實說，要不是每天都有巡視的人在我的窗前來來往往，被我逮到他們又以觀賞異獸的眼神把我從頭到腳打量一遍，我或者

會乾脆忘記被滅族的仇怨，好好在他們的國度生活下去。可是事實並不如此，我就這樣苟且偷生到成年。

那天發生的事，讓我永遠不會原諒這個王國。

仔細一想，王國或者也不會原諒我。

晨光乍現，我在夢的縫隙間隱約覺得今天的早上特別光亮吵鬧。我抱持好奇醒來，無論如何我都不可能想到，我房間的門會是這樣被打開。

他們打開門，不是為了放甚麼出去，而是要把甚麼放進來。

那個男孩看起來比我還要瘦削十倍。日光過於強大，在他身後的人因背光和內心的顏色形成一道道人形的黑影，我只看見被趕進來後，連躲至一角畏縮都不敢、只會蹲在原地顫抖的他。

那顆堆在雙臂中抖動不已的腦袋，長著一根根雪白的髮絲。

當那雙溢出恐懼的棕紅色眼眸和我對視，竟有種靈魂脫離肉

身、抽離遠看自己的熟悉陌生感——我在他人眼中，就是這樣嗎？

這是我長這麼大以來，第一次遇上和我擁有相同血脈的族人。

王國摧毀我們的家園，我的近親一個不剩地在戰爭中死去。對於世上竟然還有另一個與我擁有相近基因、說著同一種語言的生命體，我不自覺地起了一身疙瘩。

這男孩子比我看起來年輕，我不知道他是從何而來，也不知道他對我們的家族有多少認識。如果他願意，我好想要和他分享我們曾經驍勇的家族，如何在這個王國的外面自在自在的活著。

喜悅來得太突然，讓我一時就忘了思索目的。

王國為甚麼要讓我快樂？

他們從來不讓我快樂，就算曾經有過這樣的時刻，過後都會教我用更大的痛苦來抵償。

我嘗試進一步靠近男孩，他一見狀就顫抖不斷，我再踏近一

步，他甚至慌張得連爬帶跑的退開。

——他們對他做了甚麼？難道你不為遇見世上僅有的族人而喜悅嗎？

此時我注意到在他身後的房門外有人走過，駐足，盯著我們。我沒料到他竟然會回來看我，只是來的不只他，還有一個在我上次受傷時見過的上位者。他們在交談，用他們的語言。

「對，把他們放在一起，要發生的事就會發生。」

「這男孩已經做過，沒有問題的。」

那時我還不知道他們在說甚麼，也不知道男孩經歷過甚麼事讓他在接下來的半天都維持著這個動作動彈不得。我不斷和男孩說話也沒有得到回答，甚至讓我開始懷疑他根本聽不懂，或不是我們的族人。

糟了，我心頭冒起一個可怕的假設。他會不會其實是王國的人所假裝，所以和我這個異族被關在一起才會如此害怕？我暗罵

自己的遲鈍，怎麼會單純因為他白色的頭髮和紅色的眼眸就輕易取信。

可是我又想不明白，王國還有甚麼不能為所欲為要大費周章？而且，這個男孩又為何遲遲沒有動作，只在發抖，不執行他們要他執行的任務？

我保持著讓男孩不會怕得渾身是汗的距離，望了一整夜天空。直至天色由暗轉白，王國的人再來我的房間，見到我們隔得遠遠就面露不悅。

當時我不理解，只知道無論他們所說「要發生的事」是甚麼，都並沒有發生。

其中一名守衛受命取來了一根長矛，不由分說就往男孩的背後戳，想要把他往我的方向迫進——矛端把他白皙的皮膚刺得又紅又腫，男孩仍然把臉埋在雙膝之中。在苦難之中，難道只有如此才能讓他感到安心？

「他們想要甚麼？」我用我們的語言來問男孩，無法對眼前發

生的事坐視不理。守衛和王國的人繼續用長矛戳向男孩，我只知道我不能讓世上唯一一個同族在眼前流光血液死去。

情急之下，我記起他們把男孩送來時在門前說過的話，在矛頭與他的皮膚不斷廝擦之間，我倏然不寒而慄：「他們說你已經做過，你做過甚麼？」

聽見此話，男孩猛然抬起頭來。我在一天一夜以來好像終於問對了問題，使得兩雙擁有同一度緋紅的眼眸終於對上視線。

「你知道，他們為甚麼不殺掉我們嗎？」

「甚麼？」男孩使我不明所以。他沒有回答我的問題，只用另一個問題來回答我的問題。男孩終於站了起來，伸直那雙和我擁有同樣膚色的腿向我走來。他的體型比我想像中更要瘦小，步履浮浮，精神萎靡。守衛見他靠近我，馬上收起了長矛，一群人就擠在門外，把目光一滴不剩的投向我們。

男孩在我面前，以展示的姿態使勁把手一拂，指尖之間就溢出了一束閃爍的光芒，飄蕩後墜地。我必須指出，從男孩手上「跌

下」的光並不是我所認知,那些白天會在天空灑落的溫暖或晚上守衛手中持有的戒備的光。光本來是電磁波的頻譜,一種無法用肉身去觸及的虛物;而在我們眼前,一束呈長形、帶點不規則,會因為角度而映出銀色或白色的光,正確切地躺在房間的地面。

我嘗試模仿男孩,伸展雙臂,在原地跳躍並賣力擺動四肢,想要一切細胞神經粒子血管甚麼的都隨之搖晃。低頭一看,腳邊全是銀白相輝的光。身處不自由的牢籠,原來我們還可以讓自己置身銀河。

門外的人當然聽不懂我們的語言,只見我們走近後作出此等舉動,一些交頭接耳,一些低頭抄錄下來——這可會在你們把我們滅族後,成為歷史書的珍貴素材?一個守衛見狀甚至冒險跑進來房間,俯身把它撿拾起來,如獲至寶一樣小心翼翼揣在懷中。

那時我終於明白,我們身上流著的血擁有甚麼力量,會叫王國的人趨之若鶩。

「這些就是他們想要的?」我問。

「有這麼簡單就好，」男孩睞了他們一眼，好險我們的語言只有我們懂：「他們殺光我們的族人，現在只剩下為數不多的成員在不同地方被分散囚禁。我們始終會死，因年月而老死。所以，他們需要我們的下一代，再要我們的下一代生出他們的下一代。」

這樣他們可以一直擁有銀光閃閃，擁有我們這一族——王國就能長生不老。

「但我們的下一代只會像我們一樣，繼續被困在房間之中。」我無法想像王國會有賜予我們自由的一天。終其一生，我們和他們的世界就只有這房間。

男孩頷首。仿似我終於，終於讀懂他的語言：「所以，我不想傷害他們。」

那刻我方明白王國想要發生的事是甚麼，我拒絕去想男孩過往做過多少次那些事而讓他在此刻悔疚不已。守衛見我們就此定在原地，又拿起長矛用力戳他。他們總是習慣，武力能收服一切人、事、土地、一個民族、文明和愛。

哪管男孩從未遇見自己的下一代,他對他們最極致的愛,就是盡其力量不讓他們降生世上。

你不需要遇見一個人方能好好愛他。

我低估了王國的卑鄙。應該説我無論如何都不會猜得著,原來人間的惡魔會以這個形象現身。真可惜,本來還以為來了一個能夠相伴的同族。

我們的下一代不應留在王國的牢寵,沒有人應該。

「就連你,也不應該。」

我太深切地體會到,在王國我們會不停地抱有希望然後失望,你會每天感到痛苦。最要命的是,這裏不只有痛苦和失望。王國最擅長讓人舒泰,免於飢餓和疾病,而世上一切美好的事萬一靠近,他們會待到好事來到我們面前嘴邊,看得見嗅得到,然後狠狠拿走。這是他們展現權力的方法,在櫥窗櫃無間斷的以儆效尤。

有時我會想,只是我們會這樣,還是王國的人就算再殘酷可

惡，也感受過和我們一樣的黑暗？

我無法得知他的想法如何，我的意思是，在剝下那重重的恐懼下的、真實的、只屬於他的想法為何。只知道如果可以，我寧願自己沒有在那一場戰爭中活下來。

有時其實難怪王國強大，他們竟有辦法令人背棄流竄在自身血液的求生本能。

我對著那可能處於我家族樹中遙遠的另一端的弟弟説，我無法帶你的肉身逃脱，只能讓你的靈魂先行離開這個房間。

他到最後也沒有回答好或不好，那是我終究覺得可惜的。

我把男孩殺死後，王國的人氣瘋了。作為世上碩果僅存的倖存者，我竟然毫不留情就把他的頭和身撕成兩半。那人還傻呼呼的跑過來想要救活他，而我就知道他不會回來。他不想回來，再被你們殺死多一遍。

——像他曾經用一個眼神，就把我試圖撕得七零八落。

現在的我當然已經不會因為這樣的假想而傷心。在房間乾透的血跡沒法清走，使我覺得男孩某部分的確猶在，我在房間忽爾就沒那麼孤獨。我想他們肯定也很想把我撕成兩半。無奈的是，我也是碩果僅存的倖存者，他們一天需要我們的光芒，需要我們血液流動的能量就不能對我怎樣。尤其是我在殺死男孩後，世上擁有白髮紅眼的異族人又少一個。

我體內的血變得更珍貴。

我很清楚他們不會動我分毫，就算我殺的不是我的同族而是他們的守衛，他們也不會對我施予文明世界的死刑。或者應該説，王國其實很清楚對我最大的懲罰就是讓我繼續活下來。

一群狡猾的傢伙。

同樣的事後來還發生過一次。

◊◊◊

他們下一次打開房間的門，送來的是另一個族人。他比男孩

遠更魁梧，說不定是怕我又把王國珍貴的資產分成兩半。

不需守衛使出長矛，族人就逕自向我走近。他棕紅色的眼眸像著魔一樣反射出我們頭上的日光，銀色的髮梢刻意梳理得豎立，他彎腰俯身，向我展開雙臂行禮。

儘管此生從未有過其他族人教會我關於部族的禮儀，我想血脈的意思是有某些知識會沿著基因下游至每一個世代，就像我們共通的語言也是某程度的與生俱來；就如我一見他擺出這個姿勢，不發一言我就知道他在說的是他愛我。

真是荒謬。我們這才第一次見面。

「你知道他們想要我們做甚麼嗎？」我向族人提問，他可知自己被王國迫逼著要做些甚麼。

「我當然知道。有人對你說過嗎？你是個美麗的女孩。」他的嗓音沉穩如鐘，可惜說的話無比膚淺。

「他們會困住我們的下一代，把他們一生畫限在只有這麼大的

小房間之中。我們的下一代、下下一代都會是王國的資產。」我向族人解釋王國想對我們施予我們的詭計。對了，我忽發奇想，他比我健壯得多，要是我們合作得宜，伺好時機説不定可以連夜扳下門前的守衛。我一想起就熱血沸騰，如果計劃成功，説不定我們真的可以逃出王國。

但我意想不到，計劃最大的阻礙就在眼前。

「王國養活我們，至少你在這裏得到最好的照顧，你的下一代亦然。」和我長著同一頭銀髮紅眼的族人竟然問我，如此的好有甚麼不好。

「他們屠殺了我們的上代，並且將會囚禁我們的下一代。」

「……有人説過嗎？你是個美麗的女孩。」

就在他再一次對我彎身展臂，低頭展示他對王國的屈從時，我毫不猶豫就把他的頭割下。

男孩的血還在，新的一淌血泊又再覆上。

王國果然擅長奪走形形色色的希望，就連和我流淌著一樣血液的族人都能俯首稱臣地成為他們的人。多想一層，其實剿滅這種叛徒也是好事。萬一讓他活下來，我們的族人就得繼續成為王國的養份。

王國不只要擁有我們這一族，他們要將我們納入其中，將我們像食物殘渣一樣在胃部溶解、消化、萃取我們的一點一滴直至最後甚麼也不剩。

只要我殺光我族的人，最後讓自己死掉，王國就不能再從我們的族人身上奪取甚麼。

房間的門再一次被打開。

就當我已經決定把他們每次送進來的族人不論好壞都分成兩半，偏偏，他們竟把自己的人送上來。

原則上要殺掉王國的人我更沒有負擔，可是這樣的出奇不意使我猶豫不定。就算贏不了，我也想猜透王國的把戲。

王國的男人沒有急於靠近，他一開口就教我驚呆。

「你，聽得懂，我的話嗎？」他吞吞吐吐，說的時候加上手勢，生怕我不確定：「你，」他一頓：「我。」

「你會說我的語言？」因為長年被困小房間，我自擁有記憶以來都在王國生活，從小到大日日夜夜都聽他們在說話，耳濡目染間學會了他們骯髒又虛偽的語言。可是在王國能夠懂我的語言的人，除了族人他是第一個。

「還在學習。」他對自己能聽懂我的回應感到興奮，嘴角溢出笑意：「我，」

◊◊◊

我承認他成功引起了我的好奇心，使得我暫時擱置了要殺掉他的念頭。我不知道王國在打甚麼主意，但他自此負責我的日常起居，甚至在送餐時提了一桶水跪在地上，吃力地洗刷房間的血跡。

「這樣,是不是很可怕?」他抬頭問我。我沒回答,不肯定他是否知道我就在這裏屠殺了兩個族人,就趁他們把頭低下的時候。

像他現在刷地的姿勢一樣。

第一天,我還未殺掉他。他為我洗掉房間地上的血。

第二天,我還未殺掉他。他問我,明天想吃甚麼。

一個星期,我還未殺掉他。他叫我每天教他一個他不會的詞。

兩個星期,我還未殺掉他。他跟我說他是獨子,他用我的語言,問我沒有兄弟姐妹是不是很寂寞。

一個月,我沒有殺掉他。他問我,想不想離開房間。

「你能帶我離開?」儘管他已經把我們的語言說得很好,我仍然不敢相信自己所聽到的事。或者他想表達的不是這個意思。

「我不能讓你離開王國,」他不徐不疾地澄清,就算把語言說

得再好，他始終是王國的人：「但我們可以離開房間，去看看天空。」

直至他從口袋掏出鑰匙，牽著我的手把鑰匙扭了一圈半，我才半信半疑地跟著他走。那時門口的守衛剛好換班，我們躡手躡腳，背向把我困了一輩子的小房間越走越遠。年輕時我曾經以為自己能用肉身撞開那扇門，最後弄得頭破血流；現在他帶我走遠，我眼見那扇曾經讓我痛苦萬分的門越縮越小，終於，我覺得戰勝了它。

要不是他，我從來不知道自己所住的地方原來正是整個王國的中央。我們經過其他小房間的門戶，我問裏面困著的是不是我的族人，他說不是，那是其他被王國收編的部族倖存者。他們和我一樣，經歷只有那幾坪大的日月。

「但你與眾不同，」他說我與眾不同：「我帶你出來看天空。」

我沒有追問他為甚麼只有我與別不同，反倒想起了那個只有在我病了才會施予憐憫的他，我仍記得自己如何愚昧地因為他就取信於這個國度的人。他們的文明是武力，母語就是謊言。

　　我們最終在一個類似邊界的地方停下。這裏就是王國特有的灰色和磚色，只有一步之隔，就是我似乎只在夢裏見過的綠色世界。

　　「我們不能再往前走了。」他牽著我，停下腳步。仔細一看我才發現眼前有一道近乎隱形的圍牆。圍牆像一堵被金屬編織而成的網，細得像一層薄紗。

　　「就算是你也不能？」我問他，身為王國的人，你們一貫為所欲為。

　　「就算是我也不能。」他舉起沒有牽著我的手，趁我沒在意的時候瞟了一眼。

　　「不過，」他察覺到我的失望，抬頭示意我望向上方：「天空是沒有圍牆的。」他說就算是王國，也不能把牆建到天空的高度。因此我們站在這裏，如果把視線放在天空，就能夠一直、一直走到離開王國很遠的地方。

　　我必須不斷不斷提醒自己，他是王國的人，他不可信。儘管

他會用他的喉舌來說我的語言，儘管他會解開房間的鎖頭牽著我的手帶我看天空，儘管因為他我這輩子才第一次呼吸到房間以外的空氣，親眼目睹王國原來也有漂亮的天空，他也是王國的人，他就是在說謊。

明明只是同一片天空，我們好像看得頸項痠軟也看不厭。我從來不知道在房間外的晚風會是如此凜冽，不自覺打起哆嗦，渾身不自主地發抖。我想起那些說我不懂對王國感恩圖報的人，要是王國沒有收容我，我的部族終有一天走向衰亡，我還會是在這樣的野外冷死餓死也無人問津。

他注意到我顫抖的身軀，沒有多問，動身將他身上的大衣脫下蓋到我身上。

在大衣將我包圍的一刻，我像觸電一樣無法動彈，大腦數千項資訊量沓來踵至，現在過去的界線好像被揉成一團的絲線般混亂地堵塞住每一道反應神經。

「當時，是你把我救下來？」

曾經説過我只有一幀在王國外面的記憶，我無法判斷自己當時的年齡，只知那時我被一匹布氈所包裹，它散發的那股氣味使我無比安心。我沒辦法去確切描述那種氣味具體是甚麼，只知道我一生就只有那麼一次被那股氣味所撫慰，之後再也沒有類似的感知能帶來一樣的感覺。

直至現在。

我用厲眼仔細監察住他臉上每一絲表情，再問他一次：「當時，是你把我救下來？」

我能確認他聽懂我的問題，他擺出一副疑惑的樣子，歪頭聳肩：「誰知道呢。」

「你們為甚麼就不能説，知道或不知道？難道王國的語言沒有這樣肯定明確的詞彙，教你們所有人都這麼虛偽？」如果猜測屬實，事發時他不在我的年紀，他理應擁有足夠清晰的記憶去判別我所指的記憶是或不是也屬於他的。

「你殺死了自己的族人，」他以我能想像到最平鋪直敍的語氣

來對我說，沒有一點遲疑：「如果可以，你是不是希望自己從來沒有從戰爭中活下來。」

我不知道到底是他沒有搞懂語言中的問句或陳述，但他在述說我的感受時的語氣竟然如此肯定，就似在說他都知道這是我從未對人宣諸於口的自身，他都知道。

「所以，你會憎恨把你救下來的人？」這次是問題。

「我以為會，」我很常記起在房間承受過的一切失望和痛苦，不自由和反覆刺痛的惡夢；奇怪的是在我離開房間後，我以為烙在骨頭上的痛感竟然消褪得多：「但我已經不太在意，我只要確保不會再有其他的族人承受和我一樣的痛苦。」

「所以，你殺死自己的族人。」他把話重複一遍。

「錯了，」我回答得堅定無比：「我們生下來已經是屬於王國的族人。我們體內的血是你們的，我們掉下的銀光是你們的，假若我們會有下一代，那也是你們的。」

　　而他搖頭的一刻，我差點就以為自己見識到王國的人是如何痛苦。

　　「這不只是我們的。」他指住四周的王國。「也可以是我們的。」他指住我，和他。

　　「無論如何，我不是把你救下來的那個人，也不知道那個人是誰，」他續說：「但要不是他，我就不能在這裏和你看天空。」

　　我想拒絕承認，但我們的語言沒那麼複雜，不會掩飾或撒謊。「如果我得先在房間經歷那一切的過去才見得到這片天空，」我把頭一直抬著，不敢眨眼，怕一閉眼經歷黑暗又會回到那只有自己的小房間：「那可能，也是值得活下來的。」

　　「如果這片天空夠漂亮，你會想讓你的下一代看見。」

　　「你能承諾，我們的下一代不會被困在小房間？」我脫口而出，竟把「我們的下一代」說了出來。

　　「就算是我，其實也只是被困在大房間。」他故意鬆開我的手，

伸手去觸碰那堵像薄紗一樣、隔絕外面綠色世界的牆。可是在他碰上的一刻，指間迸出微小的火光，早有預料的他也忍不住吃痛。

　　他告訴我，每個人都有自己的房間。他能帶我走出我的小房間，但在小房間外面還有一個大房間，在外面的外面，還有一個更大的大大房間。就算在王國以外，還是會有一堵更遠的圍牆，劃出一個再大再大的房間。而在每一個房間，痛苦和失望都是必然存在的。

　　「如果避不過，重點就變成房間裏面有沒有和你分享痛苦的人。」他向我遞出被圍牆燒傷的指頭，我一拂手就掉下一片銀光，撿拾起來為他包裹。

　　那天晚上，我們還是回去了我的小房間。在小房間，我向他俯身、彎腰，展開雙臂的時候，銀光像雨點一樣灑滿這個幾坪大的房間。

　　一陣晚風刮來，沒來得及被守衞撿拾的銀光被風捲起，吹到我的房間以外，在寫有「*警告：非動物園職員者，切勿觸摸及餵飼白枕鶴*」的門牌不動聲色地飄過。

SHAPE OF LOVE #002

PSYCHOBIOLOGY:

銘印 *IMPRINTING*

銘印在行為生物學中，泛指一種不可逆的學習模式。後代銘印的本能讓初生動物將出生後見到的第一個較大、可移動的物體辨認為其母親，從而讓其得到母親的保護，增加生存機率；性銘印則指幼齡動物傾向尋找和銘印對象近似的目標交配的過程，以確保動物能與自己相同的物種交配繁殖。

因此，人工繁殖或由人工飼養的動物容易對人類飼養員產生銘印。八十年代初，動物保育組織注意到問題，並定出一系列措施減低錯位性銘印的機率，包括優先讓生母照顧其初生動物、必要時將飼養員和動物的交流互動降到最低，以及讓飼養員戴上面罩或帽子覆蓋人類特徵等。

位於美國維珍尼亞州的史密森尼生物保護研究所，一頭雌性白枕鶴對人類產生錯位銘印，拒絕跟雄性同類交配，並且只對人類飼養員作出求偶姿勢。最後須由人類飼養員手持採集而來的雄性白枕鶴精子，向該白枕鶴進行人工受孕，成功使其誕下後代。白枕鶴頸部條灰白兩間，面部紅色，瀕危指標屬於 CR（極危）。在其出世年份，組織並未有防範錯位銘印的相關措施。

#003
樂園

皮外傷
TO THE MOON AND BACK

她知道在往後的日子，自己都會記得那個晚上。

快從大學畢業，朋友都為她二十二歲從未談過戀愛而著急。她們這一代，十二歲不初戀就是異類；長大後，大多數人都過三十多才結婚。

她經常想，到底是女生們耐性太多，取之不盡，還是這回事實在茲事體大，使人覺得得用至少五分一個世紀去探索同一道題才能找到正確答案。

如同所有女孩，她並不是不渴求戀愛。大學舞會、節日長假期、甚至只是課堂時間表之間那數小時的空隙，她當然都想有人陪伴，就算不談一生一世，至少可以打發一時半刻。問題是無論面前為她端上怎麼樣的男人，她都提不起勁。

「每次都這麼掃興，你有沒有想過自己是甚麼，無性戀者？」

「那是甚麼，Nihilism 的朋友嗎？」

朋友們七嘴八舌地從她的感情狀況扯到哲學概念，講到最後

兩者最大的雷同或者就是沒有人真正懂得任何相關的事。畢業前的每個週四晚，她和一群女朋友都會去夜店流連。週五是上班族慣常泡酒吧的一天，而對大學生說，週四卻是不成文的狂歡日。

「週四晚去玩，週五休息，週六再來一趟。」

「算得真準。但來得多又怎樣，她還不是自己坐一整晚。」

「喂，今晚你不跟男人回家的話，我們就誰都不許跟，一起去吃宵夜。」

話題又回歸到她之上。她知道這班朋友雖然蠢得要命，但她們都是好人。

人人都有偏好對象，去夜店的晚上看得最清楚，像使用紫光燈的鑑證現場使得一切無所遁形。她不介意一群人去，清晨只有自己落單回家。她喜歡與漂亮的女朋友們落入夜場，看她們白天澄澈的雙目在刻意讓客人迷幻暈眩的射燈下，會像套過濾鏡變出另一雙眼來，閃過或露出不經意的狩獵者目光。她們隨著聽不懂歌詞的歐美流行樂搖頭舉手，長髮下卻各自瞄準著戴眼鏡的男人、

結實黝黑的男人、操倫敦腔的男人、手指好看的男人。

這些時候她都一個人倚在吧檯前喝酒，有人上前搭話，免費的酒水一律拒絕。人活到一定年紀你會知道所有事情都有代價，比如酒，或比如她此刻的自由。每次從若即若離的遠方看，那些在舞池裝作漫不經心的女朋友們其實分秒必爭。她看過這種目光，她們掃視男人的目光就像逛櫥窗，明知減價促銷都是先加了原價再裝作划算的營商手段，迷信緣份的人甘願被騙。一旦進了百貨公司，就急不及待想要把自己的臉套上那些優美窈窕的人體模型。

她無法想像自己會愛上舞池上的任何一個人，女生穿得要多少有多少，男生穿的有大牌子要多大牌子，那些穿馬球衫還要豎高領口的生物她們基本上都不當成是人。每一個人似乎都不介意在逛櫥窗的同時站進玻璃櫃成為展品的一分子。但她不想買衣服，不想打扮，甚至不想來逛百貨公司。她只是想目睹一些幸運兒覓得真愛的經過，從而證明愛情這等聽上去就夠虛無飄渺的事確切存在。

她幾乎認定自己不會也不能喜歡一般人。但她仍然願意相信愛情。對於她這種人，這已經是她內心最為少女的一隅。

皮外傷

　　吧檯很長，但會安坐著的人並不多。大多來夜店的人都是湊過來，點酒乾掉，確保自己不要太有意識就可以回去舞池跟另一個陌生人接吻。任何人只要有半點意識，你都不會做出這種事。她注意到有個男人和調酒侍在吧檯上交頭接耳，震耳欲聾的音樂使人交談的距離和接吻沒兩樣。他把半邊身倚在吧椅上，看上去他有坐下來的打算。這個男人和她保有兩三個座位之隔，而在她面前有一杯半滿的雞尾酒和一堆在架上空掉的烈酒杯。她感覺自己像在一群朋友約去沙灘卻不幸來月經，於是負責在陽傘下替大家看管手袋物品的人。

　　男人向調酒侍指住她面前的酒，湊巧被她的眼神逮住。她其實沒有瞪他，只是也沒有這個空間好像區交換一個就要托附終生的曖昧眼神，所以顯得尤其冷漠。男人尷尬地朝她點頭一笑，到調酒侍在他面前放下另一杯一模一樣的柯夢波丹時，再跟她隔空碰杯。

　　她禮貌上舉杯回敬，這時女朋友們玩夠了回來休息，又點了半打烈酒，其中一個和調酒侍調情又換來了另外半打。重拾醉意的她們回歸舞池，她繼續在吧檯獨坐，她無意間再望向男人所在的方向，專注在呷酒的他沒有被周遭吵雜的音樂所影響，在他四

周像生出了一個無形的泡沫球,隔音隔塵隔菌,只有他和他唇邊的淡紅色液體,露出了輪廓分明的側臉。

就在那刻,她近乎本能使然地從自己的座位上離開,主動走向跟男人搭話。不帶一絲猶豫或羞怯,矜持甚麼的更是尤如無物。

她等待愛情太久,知道當它真正來臨時有多難得。

不是因為他的側臉特別好看,不是全區方圓數十里很可能就只有他們兩個寂寞的人泊岸,也不是因為他和她像被緣份牽引下點了一樣的飲料。

側臉的角度,剛好讓她清晰無遺地看見他的耳朵。

她開始和男人說話,並在心底暗自渴望自今天這段對話展開,他們可以一直聊下去聊好多年。酒吧換了一首時下流行的快歌,節奏又急又吵,他們交談只好越湊越近,近得她都能嗅到從他而來的酒精,為此她當然心跳加速,儘管她知道任何人跟他說話,或者都必須如此。但她沒有在意,不,此刻他們已經認識了快二十分鐘,一想起曾經有其他女人跟他如此接近地分享過鼻息她

就嫉妒得想哭。她已經可以肯定，自己要瘋狂地愛上這個人。

她認定這是真愛，此時她放眼望向外面那些還在靠媚眼來物色對象的朋友們，就覺得她們好可憐。

你們想要的愛如此輕易。她很清楚這到底還是嫉妒。

在往後的日子，我都習慣這樣說這個故事。

就算到了現在，談起擇偶條件我也不敢對人說出真話。就算要說真話，主角也不能是我。

是她。

我從來不向任何人談起自己的家庭狀況。

不是我內向不擅交際，也不是我過得太差太不堪，愧於在人前顯露自己卑寒的出身。事實是恰好相反，我是家中獨女，父母

都是出過國留學的公務員，家裏有兩台進口房車。雖則算不上是大富大貴，但我的家境仍然比起大部分同學都要好。

但我不是要與人比較，我其實最怕比較。每次有人問起我家裏的事，我只好支吾以對，甚至拒絕透露自己家裏有甚麼人，我們所住哪一區。試過有次上學遲到，平日開車上班的父母親決定提早離家，一同載我回校。一家三口齊齊整整地坐在車上，掛著他們競投回來寫著我們家姓氏的自訂車牌——這可是天大的惡夢。於是我寧願冒著遲到的風險，也強硬地要求他們在三個街口以外讓我下車。

直至目睹我們家的充電車不留下一絲廢氣地揚長而去，我才發現自己原來冒了一身冷汗，一鬆懈下來雙目視線就呈負片一樣反白，快要當地暈倒似的。

簡單來說，我的不安、自卑、嫌惡都源於我的不夠不幸。這與他人如何看待我並沒太大關係，致命的是出於我自身，也是針對我自身的厭棄。我討厭自己的家庭完整無缺，父母恩愛似漆，我們不用煩惱交租或供房貸，甚至有閒錢每年去數次家族旅行。如果把對一個人的惡意想像成一支箭，這支箭由我生出，然後困

在我體內不停反彈來回攻擊我的五臟六腑，直至每一顆內臟都要失血過多致死，我還得被自己體內積存的血浸死多一遍。

成長過程中我被自身的質疑殺死，很多很多遍。

為甚麼我要生在這個家庭？為甚麼我的父母是你們？為甚麼真正能讓我感到快樂的事，要如此迂迴？

我長大後回顧過去，也不肯定這種心態是由何時開始在我裏築成一個增生的巢。我看過一本書，講到孩子為何特別需要歸屬感。當時人知道自己屬於某一個群體會帶來安全感，我們都需要這份被接納、確保有人能切身處地明白我們的穩妥。我想了很久，這可能是我會長成這副模樣的唯一解釋。

就如有一次，同學間談起大家的兄弟姐妹。有人在抱怨家姐晚上老是跟男友在電話吵架，吵得同房的她睡不著；另一個同學說好羨慕你們至少有房間，他得睡客廳，下格床拉張窗簾布，外面就是在梳化看電視劇的家人；然後有人又說，房間不夠大也很慘，放不下兩張單人床，只好和妹妹兩人擠同一張，床尾還要放滿了她們的衣服雜物，躺下來腿也伸不直。所以當他們把目光投

向我，問我在家裏是如何的時候，我實在半句都答不上來。

「抱歉，我不太想談。」

我發覺這句話加上尷尬到逃避目光的神色，就像魔法咒語一樣萬試萬靈。這樣一來就不會有人敢再追問任何相關的事，甚至會怕觸及不應觸及的痛處而巧妙地避開相類話題。我其實不算說謊，我的確不願多談自己家裏的瑣事，這個完好無缺的家的確讓我感到痛苦萬分。同學沒有自己的房間，大家會同情他，會懂他的苦處；但試想像他們得知我的痛苦源於我擁有自己一間房，一個人睡一張雙人床還放得下一整列抱枕，他們能給甚麼反應？我不介意他們無法理解，問題只是就算他們不解，我的痛苦還是不會因此而減輕。不論他們相不相信，我們所經歷的不如人意和困住我的身不由己其實都是同樣，只是它們擅於以不同的形狀出現，殺人一個措手不及，再利用互不諒解來企圖造成更多的苦。

有時候我會想，是不是因為這個世界太過不幸，我在他人眼中的幸福反而成了自身另一種形式的不幸，以確保一切快樂都在世上絕跡？

　　後來我這樣的情況變本加厲。小時候不信邪門，我在腦海會開始偶然閃過一些可怕的念頭——萬一我被車撞了怎樣？萬一父母鬧離婚會怎樣？萬一家裏明天就破產失竊被人打劫會怎樣？我日漸沉迷這些幻想，並以此為前題拓展一些虛構而悲慘的後來。萬一有人再來問我，我要不要就用這個設定演下去？不要，還是不要，撒謊太可怖了。

　　在我還會因為對人說謊而害怕的年紀，我在更早就認為活在一個健全的家更叫人不寒而慄。

　　災難似的前設不會讓我感到害怕，反而越想就越期待它有一天會成真。我希望父親外遇，一個陌生的女人會帶著私生子來我家拍門，上演一場難看的鬧劇；我希望母親突然被辭退，有信件寄來說我們家要破產，房間的手提包、客廳的電視機、廚房的吐司機全都要被變賣套現；我希望我其實有一個哥哥或家姐，我那個房間的原主人，在我出世之前遭遇某些可怕的意外失蹤、失聯，總之不再回來。

　　所以到了渴望戀愛、渴望異性的年紀，我也深明自己有不比朋友們弱的強烈癖好，想在燈紅酒綠的世界把一個他釣出來據為己有。釣到以後可以放生，可以帶回家養，也可以帶回去將他煎皮拆骨的吮吃起來。漁人享受的是觀摩並等待的過程，但我喜歡的「那種人」不太可能在夜場被看見，而我喜歡「那種人」的事，無論如何也無法在夜店狂歡後的續攤聚會中說出口。

　　我盯住嫣紅唇膏像脫軌的火車踰越她的朱唇，我也沒告訴另一個她露出了胸罩的蕾絲邊。我沒告訴這群酒肉友人，事實是我從來沒有誠實地告訴任何人任何關於我感情上的大小心事。她們只以為我缺少戀愛經驗，是因為不知道自己想要怎樣的人。

　　「外國人？本地人？」

　　「高大的？還是斯文的？」

　　「長髮還是短髮？」

　　「好玩的？還是穩重的？」

「在夜場找穩重的男人，你瘋了啊？」

　　無論她們問我多少遍，我都用「不知道」、「沒所謂」輕輕帶過。事實上，我非常清楚自己想要哪種人，我只是不想告訴她們。她們只想追尋簡單而真摯的愛情，不需要知道這些事。

　　我第一個喜歡的對象應該是在中學一年級時的鄰座。班主任刻意將異性放在毗鄰，覺得能夠利用初中學生怕被人謠傳緋聞而不敢跟異性聊得太開的腦腆，來進行有效的課室管理。事實上這種做法只會帶來反效果。

　　我其實早就知道這個人喜歡我，在那之前我明明半句話都沒跟他說過，真是莫名其妙。我將之歸咎於初中生就是太過年輕就讀過太多不切實際的愛情故事，以為緣份來臨的時候都是這樣。有一次我忘了帶歷史科作業，心裏慌成一團。歷史科老師兼任訓導主任是出了名的兇，上一課他還千叮萬囑我們一定要帶作業本回來，不然這課就沒法上。

　　歷史科老師這天心情還看起來特別糟糕，一進課室皮鞋就用想要踩垮地球表面的力量踏上台階。所有同學都識相地將作業本

放在桌上，只有我的桌面空空如也，周遭八卦的同學已經紛紛向我投下目光，確保自己在好戲上演時不錯過任何一項細節。我在想反正早晚都會被發現，不如先行自首申請被罵，至少不用像現在準備赴死又不知何時處決一樣忐忑。而且，我並不介意遭遇這種不幸。

就在我搦緊裙邊準備在寂靜無聲的課室中站起來，鄰座君他竟然以比我更快的速度率先起立，同時將他桌面上的作業一下挪到我的桌面之上。當下我一時之間無法理解他在做甚麼，直至歷史科老師來勢洶洶的問他為甚麼站起來，他以無比平靜的語氣答道：「我忘了帶作業本。」那刻我簡直覺得，他就像在一頭怒氣沖沖的野生猛虎面前，以人類盡可能平淡的語調，直瞪著牠的眼說：幹你娘。

老虎當然氣得燒起了一場森林大火，但可憐整場大火都只瞄準著同一隻無辜的兔子燒。我不敢直視老師怒火中燒的火舌，鄰座君站了起來，我在旁邊坐著的視線剛好見到他靠在褲袋旁的雙手，原來也一直在發抖。其實我一直叫他鄰座君，是因為在這之前我根本不知道他的名字，也不覺得需要知道。要不是老師這天連名帶姓的罵了他好幾十遍，我也應該不會記住。

下課後我把作業還給他，問他為甚麼要為我這樣做。他說，因為你是女生，不應該要這樣被罵。那時候我已經早熟得知道他對我有意思，畢竟我也是看愛情小說長大的孩子，但我並沒有因此而覺得感動，甚至除了謝謝以外就沒有和他再多說話。那時候我還未知道原來自己註定不會被這些籠統的橋段所感動，我所捱夜讀過的愛情小說中，沒有一道劇情能應用在我身上。要是我更早知道的話，或者也會有種在考試前才知道自己複習錯了科目的不對勁和不忿。

翌日回校，鄰座君穿上了毛衣。當時是炎夏，連怕顯胖的女生都忍不住要脫下毛衣的季節，他居然穿上毛衣。那時我不懂得，原來我所追求的那種愛情要在這種情況下才得以展開。

「你為甚麼要穿毛衣？」

「你非得每次跟我說話都只有問問題？」他剛把書包放下，似乎對我的問題很不滿。

我靜默，再問：「那你為甚麼要穿毛衣？」那的確是我當下唯一感興趣的話題。

　　鄰座君沒有回答，別過臉將要用的書本文具逐一放好，準備早課。被無視的我不甘示弱，趁他在寫家課冊時一下捉住他扯高衣袖。

　　鄰座君的手濕漉漉的，像剛洗過一樣；但他穿毛衣的原因，是比我印象更要瘦削的手臂上像美術課過後用來抹畫筆的毛巾一樣，印上不規則的或青或紫。

　　我不自覺地看得入神，心跳好像從天台望向操場一樣加速得感覺自己有一刹那離開了地面。他很快就用比我強幾倍的蠻力把手縮回，像有甚麼不見得光的把衣袖重新拉下來。

　　「看甚麼看，沒見過人被揍？」他瞪了我一眼，因為不慎展現了軟弱而刻意表現得更強悍，也算是一種補償機制。

　　「為甚麼會這樣？」我讓自己看起來盡量平靜，但那個畫面仍然好像在我的眼膜定格一樣揮之不去，我的內心激動不已，當時，我還未知道這是出於甚麼原因。

　　「你又來了。」他本來應該又想要嗆我，可是轉念一想，眼神

瞬間變了一套，卻一直盯在桌面櫃角久久不看我：「如果你放學跟我去吃燒賣，我就告訴你。」

我二話不說就答應，為了得知他弄成這樣的原因，北極我都可以去。現在整個世上，我就只對他毛衣下的手感興趣。過了很久我才想起，原來這是一次約會。

除了燒賣，我們還買了咖喱魚丸、格仔餅和雪糕糯米糍。買的時候我沒想過兩雙手光是拿著就沒法進食，最後我們在附近的球場看台找了一個居高臨下的位置，那時，炸燒賣的油份已經蔓延到棕色紙袋的外面，暈成另一種雷同他手上的花樣。

想起來也可笑，明明昨天歷史課之前，我還說不出他的全名，今天我已經知道了他過去遭受家暴的十三年。

「我知道這很丟臉。」他隨意地作結，為自己找了一個下台階。

「不，」我不斷地吞口水來調整呼吸，只是一想起那個景象心

跳就不自覺的加速:「我可以再看看嗎?」

　　我用近乎央求他的眼神説話,那刻可能真的是我人生第一遍心動。

　　「一點也不。」我撫摸他顏色異常的皮膚,那些青的紫的像暈開的水彩一樣印在他身上。我試圖用指腹輕輕壓下,他下意識地想要縮開,齒間瑟瑟的吃痛一下。我一邊看,一邊回想他剛才告訴過我他所遭遇的慘事,聯想每一片瘀青是如何造成。他注意到我看得入迷,和我相視,一下子氣氛變得凝結。

　　「所以……」他覺得自己應該要説點甚麼,但一個情竇初開且傷痕累累的男孩,哪懂説些甚麼。

　　「你可以和我交往嗎?」我不知道自己哪來的衝口而出,用上最為真摯的眼神看進他的眼睛,一字一頓的告訴他:「我喜歡你。」

　　其實我是應該很感謝他對我的信任和坦誠,而我亦沒有撒謊,我是真的喜歡上他。我知道他肯定把這歸功於在歷史課給我借作業這般英雄救美的事跡之上,這也難怪,正常的女生或者真的會

因此而被感動，然而對我而言箇中真正的原因，我卻是在後來才慢慢洞悉到，在哪些時候特別對他陷入迷戀。

我們交往後，他自然對我訴說更多關於自己的事。他打籃球的事、他學長笛的事、他養的倉鼠的事，但這些我全都不感興趣。我告訴他，他可以放心對我展露脆弱，遇到甚麼事都可以跟我說，但我在心中所想的，其實只有造成他身上瘀青的原因。

我們相處得非常好，基本上交往兩年甚少吵架，每次想至他暴躁易怒的父親和軟弱無能的母親，我就覺得眼前這個人無比吸引，甚至不忍再抱怨他在經營關係上種種的不細心或遲鈍。我想永遠擁有他，這樣才能繼續聽他訴說那些叫他痛苦的種種事。

「你是不是心理變態？」

我們都是第一次談戀愛，難怪會傷害對方而不自知。他不知道和女生約會要隨身帶備紙巾，不知道紀念日要送禮物，也不知道晚上要把女友送回家等瑣碎事，就如我也不知道，不應該直接告訴他我喜歡聽他被家暴的每一項細節。

為甚麼不能說呢？

我們升上高中就分手，但最大的原因是在他最後一遍傷痕都痊癒後，手上再沒有出現新的花樣圖案。因此我對於失戀沒有太大感覺，挽著他在飽經折磨後康復的臂膀已經無法使我心跳加速。他不再穿著毛衣遮遮掩掩，並且和家人關係好轉，開始會跟父母聊天逛街，那時我就知道必須要趁他和我分享這些天倫之樂之前落荒而逃。

這次的對象是小我一年級的學弟，父母離異。無論是原生家庭或是母親改嫁後的新家庭，他都不像以前的鄰座君遭受暴力對待。我在後來才懂，肢體上的暴力已經是在諸多傷害之中最為表層的。皮外傷反正都會痊癒，是吧？學弟家裏有他母親、後父、和後父的親生兒子，那個他喊哥哥，但從來不會在他身上得到任何回應的人。

我叫他哈利，但他的名字其實不是哈利，是我想像他像《哈利波特》一樣，寄住在表兄家中樓梯下的小碗櫥，吃家人剩下的飯菜，假日像童話故事未被拯救的公主一樣被奴役。

他不抗拒這個稱呼，反而覺得這是情人間的愛稱。我們過了一段美好的時光，天天膩在一起，每天上學相見過後，晚上我會等他打電話過來，抱怨在家裏的一切，後父不想搭理他、母親嫌他拖後腿、哥哥認為他們母子是拆散他家庭的元兇。一整個晚上，真的可以整個家都沒有人跟他說話。他們是一幅完美的全家福，而他只是恰好出現在相中一隅的雜物，和旁邊的茶几或座地燈沒兩樣，都是母親從上一個家庭離散後瓜分而來的家當，唯獨不能被變賣。我會倚在枕邊聽他如何惦記那個被禁止跟他們聯繫的父親。他很常回憶父母以往帶他去過的地方，玩過哪個遊樂場吃過哪些怪口味的雪糕，這些溫馨的片段開初總會嚇怕我，幸好到了最後，他都會淚眼兮兮地哭訴著：不過現在甚麼都沒有了……

我在好幾個晚上聽得入睡也不自知。醒來發現他還未掛線，我說早安，他因為隔住大氣電波跟我渡過了一晚而快樂，笑問是不是他說自己的故事悶壞我；我開玩笑說，那是我聽過最動聽的事。

我才沒有開玩笑。

我沒有忘記上一段關係告吹的原因，我曾以為這是因為鄰座

君長大後就再沒有被揍，但後來才發現，可能是因為他長大而變
得堅強。他不會再因為皮外傷而傷心，反而原諒父母，為之變得
一個更加堅壯友愛的大人。我深知這並不是我想要的，所以後來
擇偶我倒是想得很清楚：除非哈利的父母復合和好，否則我確信
自己能和他走下去。

最後我是因為變心而甩掉他的，回想起來真是抱歉。我知道
這樣絕不應該，尤其是分手時他仍然掛念過去的家庭，內心仍然
受傷，仍是那個父母離異後被遺棄的可憐孩子。雙親離婚時甚至
為了誰該擁有那台歐美咖啡機而吵了一架，而他的去向只花了兩
句話決定。

「我有付你贍養費。」

「你好卑鄙。」

那個叫我變心的人後來和我走得最久。我實在沒有辦法，我
在第一次聽說那件事的時候，我就知道自己一定會無法自拔地愛
上這個人。那件事是我從別人口中得知的，那時候他甚至因為某
些原因而不在場，但我已經知道自己無論付出甚麼都會想跟這個

人在一起。哪管哈利在電話怎樣哭哭啼啼，去他的，我滿腦子就只有那個人的事。我不想要找備胎，唯一可以做的就只有第一時間和哈利決斷地分手，然後才慢慢接近這個人，想著怎樣的開場白才顯得不突兀。

是的，我和他本來就算不上相識。

我在假日都會上外語班，由於是興趣班的性質，課堂並不嚴肅，年輕的導師跟我們打成一片。我們一班大概有十多人，年齡由像我們這些高中生至上班族都有，所以班上跟我年齡相仿的高中生，我都有個大概印象。某天上課，老師發現某個同學連續缺席數週。我對那人有個大概印象，陽光黝黑，剪著平頭裝，平日總是和兩個同班同學嘻嘻哈哈的來上課，再嘻嘻哈哈的下課。我對他們這群男生沒多好感，能夠這樣快樂的人一是腦袋沒在裝東西，一是沒有腦袋。導師問起平日和他一起來的兩名同學，其中一人支吾以對，以不太肯定的語氣說著：他大概不會再來。說得這樣含糊其詞，惹得導師出於關心再追問，另一人才壓低聲線說：他父親意外過世了，經濟方面有點困難。

坐在他們前方的我聽到這段對話，心頭像觸電一樣。我的腦

海飛快閃過那人的長相、高度,甚至走過他旁邊時飄過的止汗香劑味。那是止汗香劑嗎?還是來自他那悲慘的家庭的洗衣粉?我不自覺索著鼻子,希望是後者吧。

在接下來的周一,我做了一件自己也想像不到的事,我蹺課了,故意去他們的學校等他。我必須確保自己不要錯過他們的放學時間,在那扇困住夢想和自由的大閘釋出新鮮靈魂之前,就得好好藏住自己襤褸的目光。

我一路上都得避開鏡子或任何反射面,像電錶箱、升降梯門或打過蠟的汽車表面,怕見到自己一副空洞貪婪、無力又亢奮的眼神,又會讓我記得自從在外語班上聽見那個消息,我整整兩晚都睡不夠三小時。一閉上眼,我就開始幻想那個總是嬉皮笑臉的同學,如何在一片愁雲慘霧中沐浴,哭泣與否,讓嘶啞的喉嚨拉扯呼吸,用破碎的心維持日常。

我在一堆年輕急躁的步伐中找到他,他不難找,其他人都在被框住的時間以外急忙追蹤外界未知的快樂,他們青春,想要探索想要闖禍想要受傷。只有他踏著碎步,像在快鏡拍攝街景中唯一一個靜止不動的人般突出,他拖住腳步離開校園,不急於放學,

因為他想慢一點回去那個不再一樣的家；他也不急於找尋快樂，他夠早面對世界，知道快樂其實並不存在，這個只在大人間共享的秘密，他早就偷步知道了。

　　我一路尾隨他，在大街道上還好，有夠多行人作掩護，可是當他拐進小巷進入社區，人流就像晚秋的樹葉一樣逐漸疏落，任何在枝椏上寄生的蟲子都無所遁形。我生怕被他發現而不敢跟太近，同時我又好怕會跟丟他——我真的好想知道他那正在治喪的家會是怎樣，不然我怎知道我在晚上的幻想有幾分像真？

　　我隨他拐進一個住宅林立的社區，每棟建築都倒模的一個樣，要不是中間的空地偶爾會出現小孩尖叫的遊樂場或圍上膠帶待修的噴水池，我真的會以為自己在走迷宮。隨他走進社區，從下而上仰視這些大廈的瞬間，我都覺得它們好像多米諾。我想像如果有個巨人出現，他只要動一動指頭，我們整區所有人都會被壓成肉醬，彼此的五臟六腑七情六慾都會混成一團的景況。還有窗戶，這裏放眼都是窗戶，好多每個不同的小格子，像抽屜一樣藏了一個小家庭。我想住在這些小格子的人肯定都不快樂，獨居的格子就有一個不快樂的人，一家四口的格子就有四個不快樂的人。

正當我的注意力開始被周遭的環境越扯越遠，我才意識到他也走太久了吧。要是我沒認錯路，我們差不多已經把整個住宅區都走遍，他怎麼還繼續往前，反而走向出口？我在隨他步下一道依山而建的階梯後就找到答案。他不住在那個住宅區，那些悲傷的小格子沒有一個屬於他。他住的地方，是在山頭下一個破落殘舊的舊寮屋區。寮屋區在數十年前已經建成了密密麻麻的公用住宅，嵌上更小更密的小格子。他熟練地繞過吵鬧的擺攤市場，跳過小巷地上窟洞的水窪，大街上充斥著明目張膽的癮君子、露宿者、拉客的妓女。他就在其中一座殘舊破落的建築前停下，要不是他拉開根本沒人想過要上鎖的閘門準備拾級而上，我甚至不會覺得這個地方能住人。

天哪，我在心中歇斯底里地吶喊，你在開玩笑嗎？

這裏每一個人都悲傷慘情，充滿聽著就夠叫人窒息的故事。我放眼望向任何一處，每一對眼睛都悲傷叫我可以一秒就愛上。這裏的人是悲慘的，小格子是悲慘的，就連地上的每一吋破磁磚爛瓦礫都是悲慘的。

這裏太完美。

　　我被這個地方的一切所震懾，甚至沒有留意到他回過頭來的瞬間與我四目交投，並以不下於我的詫異望向我。

　　「外語班老師叫我來帶筆記給你。」我知道他認出了我，這個生人勿近的社區絕對不是能以區區巧合兩字搪塞過去。我隨口就擠出了一個差勁的藉口，甚至沒記起自己身上根本沒帶任何能佯裝成筆記的道具。或者這是一個註定要被他拆穿，然後讓我們相戀的引子。

　　「你把我跟到這裏來？」傷心的人心無旁鶩，總是特別聰明。這也合理，只有被洗滌過的眼睛夠清澈去看穿凡塵俗世。

　　「我聽說了你家的事。」我坦白，又不敢過於坦誠：「我家都一樣。」我說但那已經是很久之前的事了。如果人有前世，或者我不算說謊。

　　人豈能對初次交談的人託付一切？這是男生教會我的第一堂課，他只需要知道我愛他，並不需要知道為何。

「如果你想要談，我很樂意聽。」不管你信不信，我正是像在沙漠找水一樣渴求聆聽你的痛苦，千真萬確。

我看出他在躊躇，臉上劃過一刹想要追問我從何聽起他正經歷的慘事。如果他願意相信，或者我正是有一雙獨特的眼睛，能夠看出濃濃籠罩住人的灰色濾鏡。但比起要追究消息來源，他正面臨一個更大的抉擇。他受傷了，然後要不要去尋求一個被治癒的機會。

他回頭看了一眼身後的階梯，那扇形同虛設的爛鐵閘。

「我家很小，」他說，「我們要不要去喝咖啡？」

我克制地點頭，甚至不允許自己露出不合時宜的微笑。但我在內心已經尖叫得把喉嚨撐破，簡直就像朝思暮想的明星就在我眼前出現，和我握手簽名一樣。這些互動最叫人不能自已的往往不是在交接簽名筆時碰碰指頭的接觸，和偶像相見，最讓人為之傾倒的是你終於能證明這般完美的人，原來是真實存在的。

幾天後，我已經擠在他的單人床上和他摟抱得似兩具被生活

折曲的人形玩偶。這是星期四的中午，我班上的蠢蛋大概還在上
經濟學，我們蹺課，待午間的日光叫醒我們，被洗衣機折磨至起
了疙瘩的毛氈褸至我們腰間，所袒露的反正更多。我伏在他消瘦
的胸口，用臉頰感受他皮膚下的骨骼相間，把耳朵貼近他的心臟
位置。

你聽到甚麼？他一邊撩撥我的髮絲問。

我可以聽見你心臟的形狀。我不會騙他。

形狀？他不相信。

對啊，具體的形狀。我用指尖輕輕劃過他的胸懷上方，畫了
一個不像樣的心形，指出就在這裏，我聽到它穿了一個洞。

「你沒感覺到嗎？」

他眉頭輕皺一下，說有。

「C'est beau. Ne change jamais.」

「這是在我不再上課之後才教的。」

　　他有提議過要不要改到我的家約會，每次被我以各種原因否決。當他知道我父母套房的浴室比他的房間還要大的話，他會討厭我嗎？他沒有堅持，只是憂心忡忡說這裏環境不好，一個人倒沒關係，但他不想我老是在這裏出入，而且這張床太窄太迫狹，他經常說連想要和我並躺而睡，一起看星這麼簡單的事都做不到。當然他是在開玩笑，這裏的窗比我學校女廁的氣窗還小，根本看不到星。但我太喜歡聽他這樣說，說一些我明知他在說出口以後會晚上暗自一個人自卑地回想，然後傷心到在體內流血不止的白日夢情話。

「抱歉，我住的地方太糟糕了。」

　　他向我道歉過很多遍。現在我們一副身軀疊著另一副，我不考究我們的四肢是因為空間匱乏或情感泛濫而緊緊交纏。我正處於一段連呼吸都好像會隨時弄醒對方的關係，不禁想起那個同學說要和姐姐分享一張單人床，連腿都伸不直的場景。只有在此刻，

我才覺得自己像電影中深受鏡頭注目的主角,是我想要的那種愛情電影。

　　他總是比我早睡,熱哄哄的鼻息會在我的耳畔像頻譜不斷收放,我就更加難以入眠。有很多晚上我都一直盯住那剝落嚴重得好像會隨時塌陷的天花,直至晨光滲透才因累垮而睡去。而在交付意識之前的時間,我都在想著同一件事:我想要永遠住在這裏,我想要永遠睡在這半張連翻身床腳都會吱吱叫得吵醒全層人的單人床上住下來。我想要那些因為對方的呼吸聲而睡不著的晚上,那些醒來總是會腰痠背痛的早晨。我默默祈求這些事能繼續發生,這些已是我在當時的年紀,所想像得到最性感的畫面。

　　「都怪我住的地方太糟。」

　　當他再一次因為發現我日益嚴重的黑眼圈而向我致歉,睡眼惺忪的我不期然就流露了真話。

　　「你在開玩笑嗎?這裏是樂園。」

　　喪親的創傷比他自以為的要更難復元。起初他還是不能自控地流淚，認識我之後我們天天躺在床上，由天光睡至天黑，聊天聊到累透再入睡。我們像黏連在單人床上的增生組織一樣，除了上廁所或去取外賣基本上都不離開，氣窗太小，白天或夜其實都沒有多大分別。他喪失了做任何事的動力，後來他甚至連話都不再想跟我談。但我仍然日夜伏在他的胸口看著他，我知道在他體內那頭悲傷的獸正日益壯大，但我無意也無力阻止。我日以繼夜地在同一個角度聽他流淚，看他打呵欠，觸碰他明明睡去卻緊皺不下的眉梢。

　　這是我的樂園。

　　有次我因為離家太久而不得不回去一趟，至少我得在有熱水的地方洗個久違的澡，向父母露一露面以茲證明我還在世。當我回家半天再回到單人床時，他像平日一樣躺著動也不動，手臂無力地垂下，我在出門時，床單並不是這個模樣。在不應該有色彩的地方而擅自暈開的花樣，讓我想起了在歷史課後那件不願意被脫下的毛衣。

　　人是不是總會在關鍵時刻想起自己第一個愛過的人？

　　在他被救回來的晚上，我抱住他抱了一整夜，他像被塞滿了棉花的布偶一樣，擁有眼耳口鼻一副與人無異的皮殼，他存在但不存在，而我連連說了上千遍我有多愛他。現在的他在各個方面都殘破不堪，他的手被針線不停穿插，用更多的傷口去縫合傷口，我一看就知道這道性感的疤痕會永遠跟住他，而每一個見過他的人都會得悉這一點，用無比戒備或無比同情的目光看他。這太好了，人自以為然的善意比惡意更可怕，他往後的人生要是繼續走下去肯定會比現在更為糟糕。最要命的是他連尋死都被救回來，在絕望的最盡頭有人向他指了一條路，以俏皮玩笑的口吻告訴他：年輕人，接下來的鳥事還多著，滾回去你該死的人生繼續受罪，快。

　　這世上沒有任何一件事如他的意，有甚麼還能比一個自盡都失敗的人更為受傷？

　　他再次回到那個不能自控地流淚的狀態，這次我抱著他，讓一種不長於我出於我的體液沿著臉頰流進我的眼睞，只要克服這種自體排斥的違和後，我們好像自此有甚麼連在一起，同步了淚腺的收縮擴張，但我流淚顯然不是出於自身悲傷：如果真命天子確實存在，怎可能不是這個模樣？我多感激自己活到此刻，有幸

擁抱一個如此殘破的頭顱和軀殼。

人的新陳代謝著實可怕，而且總在我們最無防備地沉沉睡去時就把我們的一部分不動聲色地拿走。某天我在單人床上翻身醒過來，一動我就馬上驚醒——我何時在這張床轉身過？

他提著兩個塑膠袋回來，裏面裝了熱烘烘的早餐。早餐？他說他天剛亮就起來，一覺醒來突然就不再想死了——因為我，他找到了人生意義。他感激我包容他的蒼白無力，陪他走過十七歲所能想像最幽暗的低谷，但他走出來了，他要去找一份工作，努力養活自己和我，還有鰥寡孤獨的母親，搬離這個地方。他甚至還去了把父親的照片沖曬出來，放在客廳的當眼位置，為他買了一束新鮮的花。

昨天他發現，原來上星期是我們交往一個月，他對自己竟然太忙於傷心而忽略了我而感到愧疚，同時他也終於意識到，父親也離開一個月了。

「我沒甚麼可以送你的。我想振作起來，作為報答你一直對我不離不棄的禮物。」

　　我接過他慢慢恢復力量的擁抱，站得筆直的腰板。我把頭枕在他寬闊的肩膀上，我知道自己必須要趁他再對我訴說未來的美好展望前離開。快。

　　在那之後，我繼續扮演一個普通的女生，和女朋友們泡酒吧，聽他們談論我半點興趣都沒有的男生。

　　其實這幾年間，我一直有一個穩定的男朋友。這個意外純粹偶然，我們不在同一所大學，而是在某次聯校活動結識的。我不愛這個人，絲毫都不愛，他甚至不讓我覺得自己他有存在感，因而我一直沒向任何家人或朋友介紹他。顯然，他不屬於能讓我心動興奮的那種人，而最詭異的是其實他也知道這一點，但他仍然希望維持關係。我實在不知道為甚麼。

　　他家裏環境不錯，比起我家還要過上更奢華的生活。我不是沒試過愛上他，我曾經探聽過他的狀況，他有關係融洽的父母、能幹的哥哥和精靈活潑的妹妹。他最喜歡的運動是高爾夫球，在朋友的爵士樂團負責奏色士風，興趣廣泛又高級。他們全家都擁

有大學學歷，經濟狀況穩定，一層房子自住兩層收租，兩子結婚後就是他們的了。他們一家每逢週末都會一同找點事做，父母和他們的相處更像朋友。

這個人基本上一生都沒經歷過任何慘事，我問他人生哭得最慘的一次是甚麼，他說是小狗走失。後來呢，我興趣盎然的問。他說後來找回來了，你要去我家看嗎？

我認定自己絕不可能會對他感興趣。

繼續下去的原因純粹是和他一起是個消磨時間的好選擇。他會帶我去摩天大樓最高的一層進餐，看那些穿金戴銀的人如何用最尖酸刻薄的話呼喝戰戰兢兢的侍應，然後我會刷他的卡，給這些連眉也未懂得畫的少女最慷慨的小費。他挑的餐廳很多都能讓我們在肉眼看幾近不存在的落地玻璃看星星，他以為我喜歡看夜景，其實在那些時候，我都會想起那扇小小的氣窗。

唯一的麻煩是我僅存的良知偶爾還會折磨我。我喜歡受傷害的人，但我不希望那些傷害是因我而來，這樣不但一點意思都沒有，而且我還會被內疚吞噬所有應有的愛和快樂。我不只一次請

他不要再為我這樣做，其實我是真的沒你想像中喜歡你。

　　而每次他都會說誤會的人是我：「我都沒想過你會喜歡我。為甚麼你會這樣想？」

　　我沒繼續追問兩個明知不是愛的愛人那到底這是甚麼樣的關係，因為我實在也不太在乎，心底只想這人是不是有病。我們會在大家都有空的時間見面，平日可能半天都不傳一個訊息。他不會跟我交待自己今天要和誰見面，我們不會在臨睡前互道晚安，甚至沒執著要和對方過節日，只有心情好的時候，我或者會挽著他的手。他知道我還是會繼續去酒吧，很清楚我還是會繼續等待愛情的來臨。我們都很清楚，這種不是。

　　「如果你真的遇見喜歡的人，再告訴我也不遲。」他嘴上是如此豁達，我也沒有不答允的理由，因為在目睹那個點柯夢波丹的男生的耳朵之前，我的確深信自己不可能找到這種人。

　　我在那一夜間學會了「哈囉」、「你好漂亮」和「我喜歡你」

的手語，這是後天的，某天一覺醒來就發現自己再也聽不見。原因可能是他長期在混音室工作的勞損，他賣掉了最愛的結他，在留下的最後一塊撥片打了一個孔，穿成項鏈。

「『這個』，會不會很吵？」我以踮起腳尖的語氣問，太直接的話不肯定會不會把人刺傷。早就說過，我討厭傷害別人。

「會啊，老實說，我耳朵現在痛得不得了。」

「但你還在這裏慢慢喝酒。」

「沒辦法。」他說自己需要被音樂包圍。不是聽覺上的被包圍，而是他需要知道正被包圍。在他戴上助聽器後，疼痛和耳鳴是他感受快樂的證明。助聽器會放大周遭的聲音，基本上沒有甚麼比夜場更糟糕的環境。

「我會不會很奇怪？」他摘下助聽器，說如果我靠得夠近的話，他還是可以聽見我說話。

於是他一整夜都沒有戴回去。

皮外傷

沒有開玩笑，在認識他以後，我連在街上見到戴 AirPods 的男生都會心跳加速。基本上我每次坐地鐵都避免不了要心動五六遍。於是我想，這是戀愛吧。

我遵守承諾，很快約了男朋友見面，並將一切告訴他。我不希望捏造冠冕堂皇的藉口讓他錯覺有挽留的可能，我甚至不介意他會記恨我或把我當成是心理有問題，所以才用最不費力的方法直截了當地告訴他：我喜歡過很多人，他們有的也喜歡我，有的並不，但他們都有一個共通點。當我面對一些擁有不幸過去的「健全人」，我就覺得他們吸引——遭遇家暴、失去摯親或罹患大病。像我在夜店遇見的音樂家，我的意思是前音樂家，我可以清楚地指出他吸引我的地方不是出於他身體上的殘缺，而是他因為追夢而不能再追夢，卻偏要強迫自己每晚去充分沉浸在失去的痛苦之中的墮落。無論是他、鄰座君、哈利或單人床，我彷彿能夠感應並看見這些人心裏的一塊陰影面積，並被這片烏雲吸得無法自拔。我很清楚這不是出於憐愛或同情，而是切切實實的愛慕，巨大得可以叫一整座城市傾倒的愛慕。

「但你太耀眼了。」道別之前，我下了這樣一道結論。

那天過後我就封鎖了他的號碼。後來聽我們的共同朋友説，他一個人去了西藏旅遊，只帶了一個背包，途中只寫過兩張明信片回來。第一張説他到埗了，第二張説他心裏還是好痛。

再多過幾年，我聽説他終於開始重新交往。我在心裏著實為他感到快樂，那時我還跟音樂家在一起。他的積蓄無法再容許他無所事事每天泡酒吧，他改行去賣樂器，工作是收銀。每天看見一個個客人買下第一支樂器，或已有底子的前行家前來購買補充用品，他只能經手那些夢想，再將它們售出。他每天拿著最低工資，經歷最大程度的不幸。不用上班的時候我還是會陪他去酒吧，感受震耳欲聾的雜音然後醉醺醺地回家，酒醒過後狂吞止痛藥。我開始懷疑他有一種自虐的傾向，但這不要緊，我太清楚每人快樂的泉源都不一樣，像我就喜歡攙扶一個要從失去意識中解救自己的人。當他倚著我在街上走得歪歪斜斜，我甚至還好像聽見他胸口有甚麼碎掉的聲音，在體內搖搖晃晃。

我再聽説關於那個家境富裕的前男友的消息，已經再過了幾年。朋友説他本來發了請帖，要在秋天迎娶一個和他門當戶對的

女生，可是婚事在前兩星期告吹了，原因不明。我出於好奇解除了他電話號碼的封鎖，沒想過這會是一個潘朵拉的盒子。

原來這些年來，他一直都有間歇傳訊息過來，儘管早知我不會收到，或是因為知道我不會收到，所以才敢把這些話說出口。

他說我們其實不是在大學活動認識的。他其實比我要大幾年，早就完成一個學士學位。他是為了認識我，所以才去報讀大學，參加我所在的那個聯校活動，然後裝作不知道我的名字。

我起了一身疙瘩。

早在我進大學之前，他已經在我的社交媒體上留意到我。起初只是因為共同朋友的關係而發現有我的存在，我看到這裏鬆了一口氣，至少那個共同朋友是真的。他一直在留意我交往的對象，說是留意，其實是以比追蹤我更慎密的心思去追蹤那些人。他發現我的初戀男友鄰座君在班照上從來不穿短袖，他讀過我的學弟在父親節曾經寫過一遍聞者傷心的抒情文，他數得出我在單人床上，拍過了多少張仰視剝落天花的照片。

　　理所當然，他也知道我的家境如何。雖然和他豐厚幸福的家還是沒法比，但也總算是衣食無憂，完整健全。而他，亦早就從那些男生之間整合出我特別喜歡哪一類人的結論。

　　我以前問過他很多遍為甚麼會喜歡我，他總是笑而不語。我以為他是情竇初開的男孩，誰知他裝作腼腆還要比起我知道的歲數報少了四年。交往時他待我極好，而我已經不知多少次因良心作祟而提醒他，我並不會喜歡他。

　　他以前聽見此話，常說我誤會了。原來我真的誤會了。

　　其實當然了，以他這種條件的人，正常又怎會看上我？

　　所以當我為了前音樂家而把他狠狠甩掉的時候，他才這樣傷心——我知道自己喜歡的人何其稀有，所以一旦碰見就不會放手。

　　其實他亦然。

　　如果我多照一點鏡子，或者就會發現這個喜歡殘破的自己，其實也不怎麼完整。

而他看見了這一點。

受情傷的人不會輕易痊癒。朋友說他決定不結婚後又獨自去了當背包客。我打探到他所下榻的旅館，找到電話打算給他留一個口訊。當我在讀到他的訊息後，我或者真的有一點喜歡上他。不是因為我認為他是同類人，是因為沒有人比我更清楚我到底有多殘缺。而他竟然還偏偏會愛上這種人，我亦不會因為和他分手而覺得傷害是我造成的而內疚，就如我們與生俱來的曲折都因為劇情的峰迴路轉負負得正，反為變得順直起來。這人本來就壞掉得會因為在網上剖析出我的殘缺而不問原由地愛上我，甚至想盡辦法來認識我。相比之下，我帶來的情傷算是甚麼，就如擦損的皮外傷口一樣不值一提。

但我再認真一想，如果我一時衝動打電話過去和他復合，他就不會再如此破爛地行屍走肉。他會收拾背包，刷卡訂最快的班機回來和我相逢恨晚地相擁，修復多年來無以復加的心碎。但我們一旦相戀，那會變成怎樣？

以前他如此迷戀我，是因為我不知道他內心的傷口而不停去尋找別人，他很清楚我從來沒有喜歡過他。我以前就對他直說，

只是想不到他也是有話直說；但要是現在我因為發現了他的殘缺而終於愛上他，他就不會如此痛苦，那我又怎可能喜歡他？

那該怎麼辦？我開始明白，這是精妙至此的劇情，也根本是道無解的題。

於是我一邊想，一邊帶上背包，將旅館的住址收進口袋，訂了連夜前往他所在地的火車票。在我坐上指定席看窗外的景色由立體變成一抹的時候，我還未想到具體要怎樣做。我把手機關掉，前音樂家打了二十通電話給我，但現在我心中只有那個人。我從未見過一個人外表如此健全，背景如何優渥，但內心竟然殘缺至此。我急不及待要去他的面前，如果可以，我渴望挖開他的胸腔去好好欣賞這些年來，內裏已經腐蝕到甚麼地步。

不是有些人常說，愛一個人不一定要和他在一起嗎？我在火車途中漸漸想通，或者我就搬往最接近他的地方，不，我要去他所在的城市住下來，隨便找當地最破爛的人相戀，然後在近距離看一顆心還可以爛成怎樣的程度。如果他受不了要逃跑散心，我就跟著他，和最接近於他但不是他的人愛到死去活來。只有這樣，我才可以在這個恰好的距離，好好在心底向他傾注我所有的愛慕。

這些傷害可不是我造成的。誰叫我們生下來就在小康之家，在預設悲傷的現代社會中竟敢活得這麼好。我們竟敢一生都沒遇過甚麼特別大的磨難，才需要承受扭曲得要如此曲折才能覓得幸福的設定。

　　我看著還有十小時才到站的火車航程，在狹窄的硬鋪床上確保自己無法把腿好好伸直才開始睡去，靜待一覺醒來，它就把我帶到樂園。

SHAPE OF LOVE #003

DIAGNOSIS:

慕殘 *ACROTOMOPHILIA*

ADORE

一種會被殘疾人士吸引、因而獲得快感和興奮的傾向。
對慕殘者來説，他們看見傷健人士身體上的殘疾，比如
説假腿或義肢，就等同一般人看見性器官一樣引起官能
刺激。這裏泛指肢體上的殘障，然而心因性疾病、如抑
鬱或焦慮等因為不形於色，理論上並不能讓一般慕殘者
感到興奮。

#004
本命(上)

虐殺傷

TO THE MOON AND BACK

「二千五 C 行兩連？不要啦，C 行倒不如回家看電視。」

「千七單位，甚麼位置？A 行嗎？A 多少，A7？A7 你去看音箱嗎？還好意思打過來？」

「A15，確定是 A15？二千一？好，我要了。對對，幫我留起來。」

森接連在會議途中接了幾通電話，回到會議室的時候都要擺出一副家裏有急事而不得不接的模樣，不然恐怕應付不了板起面孔的主管。森在這家幼兒教育公司工作當文職快滿五年，但她討厭孩子，討厭教材，討厭這份工作。她會留下來的原因，純粹是因為她需要錢。這份薪金支撐她每次在 HINODE 舉辦演唱會時買到最佳位置，她不會錯過任何一個和偶像見面的機會，意思是演唱會如果有三場，她就會去三場；如果有十場，她就去十場。HINODE 曾舉辦過亞洲巡迴演唱會，在一個月內走訪四個國家共十二場表演，她就請了一個月假跟著他們巡迴，一場也沒缺席，站在最前排的位置落力舉起親自製作的燈牌。不僅如此，每次HINODE 推出週邊產品或代言哪個品牌的商品時，她都會第一時間以行動和錢包支持，確保偶像能繼續受到廣告商青睞，她才有

更多機會繼續支持所愛的他們。

　　她所迷戀的 HINODE 是近年冒起的天團，由三名男子組成，主打輕快搖滾。主音兼結他手 KAZE 最具標誌性是一頭誇張的銀白色頭髮，配合白皙的肌膚有一種男生女相的獨特美感，近年這種打扮突然竄紅而非常吃香，加上本來擔任主音就會獲得最大的曝光，KAZE 無疑是團隊中最高人氣的核心人物。鼓手 NATSU 是團中最年輕的成員，陽光開朗，青春活潑的鄰家弟弟形象成功俘虜不少粉絲，表演時因為打鼓的運動量極大而總是一副大汗淋漓的模樣成了他的招牌形象。SORA 是低音結他手，人如樂器一樣沉默寡言，相貌平平，在台上也不像 KAZE 或 NATSU 一樣積極表演，只顧埋頭演奏。這種傲嬌人設亦為他攢來不少對他情有獨鍾的粉絲，但比起團中兩位成員的人氣還是要差得遠，還有不少觀眾嘲笑 SORA 是 HINODE 中的「下弦」，要不是好運擠進了 HINODE 只會是寂寂無名之輩。

　　這些名字都是為了噱頭和形象而取的藝名，HINODE 是本地樂團，其中一個廣受歡迎的原因是團員們都精通多種語言，所以除了演唱，更會接拍不同類型的影視作品，無論在訪談或粉絲見面會中亦對答如流，讓他們成功走向國際而聲名大噪。對於像森

一樣的本地觀眾，能在他們長大的城市橫空誕生一隊蜚聲國際的男子天團，親切之餘更是自豪，這也是森自HINODE成軍以來就如此迷戀他們的原因。

會議過後，森回到自己的座位，小小的間隔由兩面隔板打直角組成，每一寸都貼滿了HINODE的相關產品，就連工作用到的一套幼兒識字字母卡她也特意抽出了「HINODE」六個字來釘在當眼位置。她不怕被同事取笑，重點是一想起偶像就會讓她心情變好，在工作上無論承受甚麼怒氣都會一掃而空。這就是戀愛的力量吧，她總會這樣心想。

♪ ♩ ♩

森是個普通不過的女孩，她自知這一點。一般的家境沒有讓她贏在起跑線，一般的成績把她送進三流大學，一般的身高樣貌讓她在戀愛經驗上也落後朋友一截。別人都在中學初戀，幸運的話還在自己的小宇宙經歷過數次驚天動地的史詩式愛情，走入大學那介乎校園和社會的大染缸時，已經對男女關係有著自己的一套見解和哲學，傷過人也被傷過，對於每段關係也不是不投入，只是不致再被一個人一句話就抽走靈魂。森姍姍來遲才在聯校舞會迎來初戀，在同齡卻久經沙場的對方面前顯得真誠又笨拙。每

個人的第一次失戀都是世界末日，她的末日剛好落在畢業那年的
考試前夕，她跑去對方宿舍哭鬧到天亮，結果試考砸了，男友也
沒回來。她曾幾何時認為自己被嫌棄嘲笑的不幸遭遇至少讓她的
人生沒那麼一般，過得特別慘也至少是特別的，但她長大後就發
現這些苦難在我們的世界，其實並不稀有。

後來森在失戀的末日過後還是痊癒了，像所有人一樣。她深
知自己從不出眾，要是世界是齣電影，她只會是過場時連臉也看
不見的路人 F 或 G。她不漂亮，不聰明，沒有天賦沒有才華，
更沒有她總是羨慕女朋友們的氣質和品味。她對時裝穿搭沒有概
念，永遠只會買店家放在櫥窗陳列出來的配搭，一整套的買下
來，她也一整套的穿。她試過自行在家中衣櫃挑出品牌不同的上
衣和下裝配襯出門，朋友一見面就問她：「家裏洗衣機，是不是壞
了？」自此，她認清昂貴的從來不是服裝品牌，而是穿著者本人的
品味。她只會去網絡紅人業配的餐廳、旅行書介紹的景點，就連
HINODE 也是她湊巧在他們成軍時見到雜誌報導，同一天下午偶
然在網上聽到他們的出道歌曲才會成為他們的粉絲。後來，森對
於 HINODE 的熱愛已經成為她整個人最具特色的象徵，她對樂團
的每一位成員，甚至歌曲的大小細節都非常熟悉，但說到「本命」，
她的偏愛還是最受大眾歡迎的 KAZE。

HINODE 的粉絲人數日益增加，他們所屬的公司很會利用每一種可能來創造商業價值，即使沒有新唱片發售，每隔一段時間也會推出不同的商品，等身抱枕、毛巾、杯墊甚至手機鈴聲，每次森都會第一時間購買。這天下午，她的手機傳來通知，HINODE 今季推出的最新週邊商品正開始預購。

為了配合最新單曲《明天的你有空嗎》的宣傳，公司分別推出了三位成員的專屬微電影，以戀愛為主題，讓觀眾以第一身的視角「體驗」跟成員約會一天的故事。

預購宣傳一推出，粉絲後援會的各大群組通知已經響個不停。要購買 HINODE 的演唱會門票或商品，首先都得加入後援會，除了可以在第一時間收到相關資訊，有好幾次舉辦演唱會，公司都特意加開會員限定的特別場，因此所有會員都得實名登記。公司很會利用實名登記制，HINODE 的絕大部份商品都有限購，利用「飢餓行銷」刺激粉絲衝動消費，亦藉稀少性塑造 HINDOE 天團的地位和形象。森也聽過網上不少人批評 HINODE 完全是行銷手法下的商品，沒有這麼厲害的宣傳部門他們甚麼也不是，根本算不上甚麼偶像歌手，這些時候森和一眾在後援會認識的朋友都會湧進去討論帖文逐一反駁，掀起罵戰吵到凌晨方休。

「營銷部門厲害」此話不虛，畢竟他們所屬公司可算是行內龍頭，所以才會投放如此多的資源培育 HINODE，讓他們成軍短短幾年就坐擁龐大人氣，但森並不認為 HINODE 沒有公司就甚麼也不是。至少在遇上他們之後，森自覺日日如是的黑白生活都像彩色電視多年前面世般顛覆了世界。

♪ ♪ ♪

這次推出成員專屬的戀愛微電影，最具噱頭的是「緣份電影」的意念。簡單來說，他們參考了日本玩具很流行的「盲盒」概念。《明天的你有空嗎》微電影共有三款，分別是 KAZE 篇、NATSU 篇和 SORA 篇，由成員擔當約會的主角。但粉絲在預購時並不會知道自己抽到哪一篇，而這次的活動亦同樣設有限購，每名會員只限購買一組驗證碼，到了明天微電影上線，只要在網站輸入驗證碼，即會隨機播放其中一名成員的微電影。官方還特意提醒大家網站會記錄網際協定位址，如果發現會員私下交換帳號即會封鎖並取消會籍，意思亦即無法購買商品或演唱會的特別場次門票。

森在接到通知就馬上付款預購，隨即就收到一組明天生效的

驗證碼。本來還不解為何公司會嚴格限購，要是沒有規定，很多粉絲肯定想也不想就把三名成員的篇章都買下，這樣公司獲利不是更大嗎？可是當她點進後援會的群組，就發現所有人都在為「盲盒」的未知而雀躍不已。團中數主音兼結他手 KAZE 人氣最高，但公司為了公平起見，為成員製作個人紀念品時數量都是同樣，導致僧多粥少的情況屢見不鮮，這次的微電影亦是同樣。雖然少數粉絲不免抱怨怕花了金錢卻大失所望，但反響大多正面，有粉絲順水推舟，配合企劃噱頭將抽盲盒浪漫化，如果抽中所愛成員，證明兩者緣份匪淺，「約會」就更彌足珍貴。有人甚至在後援會討論區發起「許願池」，短短一小時已經引來數千名會員留下抽中本命的願望。

討論區主要由所屬公司的員工管理，預購一出，討論區已經預先建立好個別帖子置頂，在明天微電影上線後開放，供抽中 KAZE 篇、NATSU 篇和 SORA 篇的會員集中討論。沒法抽中本命的粉絲固然可以從其他會員的討論中一窺故事情節，而且人本來就是帶有好奇心的生物，難免會對自己未有機會經歷的一切感興趣。這種行銷手法無疑將微電影企劃的討論熱度推到最高。

森的朋友不多，大多同學在離開校園後都沒有聯絡。現在生

活圈子都是圍繞 HINODE 所轉，她在網上最常習慣瀏覽後援會的討論區，社交帳號基本上只用來追蹤 HINODE 的成員和公司，緊貼相關消息，在現實生活出席活動時也認識了不少志同道合的夥伴，自成了一個六人的群組。除了結伴出席活動，交流資訊，討論新歌和商品外，熟稔後更會分享日常生活，不時相約吃飯逛街，她們已經成為森極其有限的社交中最為要好的朋友。

「大家預購了嗎？（網站連結）」

「（截圖）」

「沒抽中 KAZE 大人的話我真的會哭死。」

「要有信念啊！！我今個星期都不買六合彩了，要把運氣留著。」

「媽的，我還有半小時才下班，沒時間買。除了限購好像還有限量？」

「對啊，驗證碼只有三千組。我在網站幫你看著吧。」

「我看還有四百組，應該能撐到半小時？」

「加油啊！！KAZE 大人等著你！♥」

「我躲進洗手間了，現在就用手機買。等不及。」

「太好了，蛋蛋做得好！」

森看著群組的對話會心微笑，她們六個女生的本命都是 KAZE。雖然年齡和職業都不盡相同，但就算她們平日有多少朋友，總不像這裏可以暢所欲言地討論 HINODE，再要好的朋友甚至家人伴侶也很難理解她們對 HINODE 的愛。她們曾在演唱會為一首歌一同落淚，在見面會一同為 KAZE 的登場尖叫歡呼，隔天一起沙著嗓子回歸生活。這些都是森人生中最為美好的回憶。她很慶幸，有人能分享這份溫度。

隔天森異常專注工作，確保自己能在六時準時下班，七時買好外賣回到家中，鎖上房門靜候八點鐘到來。她和朋友們約好，大家都要在第一時間「拆盲盒」。

　　八點未夠，扒光的雙餸飯外賣盒已經擱在電腦旁邊，森屈膝坐在電腦椅上，手機屏幕的藍光反射在她厚重的眼鏡片上。

　　「抽中大人的要請抽不中的吃飯，大家説怎麼樣？」

　　「好啊，拜託讓我請，請你們全部都可以。」

　　「蛋蛋心腸好壞，想我們全都抽不中，自己獨享大人。（哼）」

　　「對了，森森怎麼不説話？該不會是未下班吧？」

　　森見到自己的名字心頭一顫，難得有人關懷自己下班了沒有的善意來得太突然，她其實從來沒有應對這種事的經驗。就連父母也不會在意她甚麼時候下班、要不要回來晚飯，他們關心的就只有她發薪了沒有、家用能不能再添一點。

　　「下班了，剛吃過飯，在電腦前等待中。」

　　森笨拙地回應，傳出的一刻才在猶疑自己會不會太過官腔，心想對方或者會不會嫌他回答得太過仔細，又沒有人要她報備。

過了十秒、二十秒，對方已讀但沒有輸入中，森的不安又再加劇，連忙指揮指頭又打了一條訊息。

「謝謝芳姐關心。祝大家都抽中大人。」

思前想後，她指頭又再按了一下。

「♥」

森懷疑自己有社交障礙，就說在職場上，她不擅於應對人的惡意，一些老前輩見她年輕內向，故意將吃力不討好的工作通通塞給她，她不懂推卻，甚至沒想過推卻；有些惡意以別種形式呈現，還在校園時，女同學成群結黨間有意無意針對她外貌的玩笑，除了一笑帶過，她也拿不出第二種反應。她不時都感覺自己異於所有人，好像學校曾經在某個時刻有過一堂教導大家如何交際、如何在世界生存的課，但她不知為何缺席了。

她並不是沒有感覺，她會生氣、會難堪、會感到心有不甘，時常在夜裏回溯白天說過的一字一句，回想別人對她說過的一字一句而難受到睡不著。但她沒有能力去處理身體傳送予她的警號，

她知道自己這樣應對是不好的，但她不知要怎樣做，也不知這種疑惑，是不是真有一個明白的解答。

更大的問題是，相比來得大剌剌的惡意，她對著由衷而來的善意更為不知所措。在社會善意遠比惡意稀有，她沒有足夠被善良以待的經驗，來習得一套禮尚往來的方式，只好拙劣地以本能掌舵，出來的結果大多就是這般客套至突兀。

說到底，其實只是凡事都需要練習。作為情人，作為朋友，作為女兒，還有作為僅僅一個人自身。

但森要到很久之後才認清這一點。此時已到八點，她正全神貫注地輸入驗證碼，滿心期待卻換來整整五頁紙甚麼所有人都只會直接按下「我同意使用條款及細則」的垃圾，正當森人也開始不耐煩，片頭方始浮現「《明天的你有空嗎》：緣份電影企劃」一行以主視覺字體設計的標題。

電影視角由第一身拍攝，第一個鏡頭由髹上白色的天花板展開，背景是鬧鐘聲，老派到極點的拍攝手法。視角隨著鬧鐘聲移至床頭櫃的手機屏幕，彈出剛剛接到的一則新短訊。

「早安～記得今天我們的約會喔。十一點我在海洋大道等你。」

手機顯示傳訊人的名稱是「MY LOVE」，森心想拍攝的導演真是狡猾，刻意模糊主角的身份故弄玄虛，讓她直到現在也不曉得自己有沒有抽中本命，看得一直心癢難耐。

海洋大道是真實存在的地標，森對於製作的認真程度也為之感嘆，看來製作公司為了營造像真的約會感覺而下了不少功夫。鏡頭一轉，視角已經來到附近的車站，海洋大道是沿海的一條長廊，一名男子的背景置於畫面中央，來到這裏森不免心跳加速，心情還真有幾分像赴約前既興奮又緊張的小鹿亂撞。男子身穿長大衣，頭戴毛線帽，但從身形看並不像是陽光鼓手NATSU。畫面越拉越近，一把女聲從鏡頭後輕輕呼喚早安，男子緩緩轉過身來。

（早安～）

男子摘下毛線帽，露出一頭漆黑樸實的黑髮。

「等你好久呢。」目無表情的男子從較高的視角俯視下來，語氣冷酷得如果這是真實的約會，大多女生聽見他連招呼也不打應該都會直接離開，反正人還在車站。

這人當然不是森夢寐以求的本命，而是團內最不起眼的低音結他手 SORA。

（可是……現在還未夠十一點啊……）

視角顯示女生向 SORA 伸出腕錶，以委屈的聲音撒嬌說道。

畫面中的 SORA 馬上露出一副難堪的神色，甚至刻意別過臉去才答話。

「欸，不是……你沒有遲到，是我太早來了。」SORA 在車站前四處張望，視線卻不知道應放在哪裡，一邊搔著被毛線帽弄得稍亂的黑髮，一邊結結巴巴：「我的意思是，其實我一小時前就來到這裡等了。可能是……有點太期待了。」

　　森聽到這裏打從心底笑了出來，她當然沒有這般天真，知道這些情話都是編劇受薪而編寫出來，並不出自任何人的真心真意。讓她會心微笑的是眼前這個人在交際間顯示出來的拙劣，不理是不是劇情需要，這一幕一個個舉措，足以讓她聯想起自己。

　　她談過的唯一一次戀愛，當時的男朋友不過約她外出吃個下午茶，她就煞有介事得為此買了一條新裙子、付錢去了化妝品店的速成課堂只為學習怎樣使用眉筆和唇膏。怎料男朋友帶她去的地方並沒有那麼高檔，店內的客人都是穿著牛仔褲涼鞋的年輕人，背景播放的是本地流行說唱樂團的新歌。原本她還怕自己會因為少見世面太過失禮，過分隆重的打扮反而讓她成為了目光所在的焦點。那天下午的兩小時長得不合比例，她知道所有人都覺得她好奇怪，包括在她對座的那人。

　　電影視角帶他們離開了車站，站在稍前的 SORA 回頭，目光仍然逃避著鏡頭。森對此有點疑惑，明明都是習慣在台上表演的人，來到約會的場景反而以腼腆作為人設的賣點嗎？還是，這些電影真是以他們內心的真實反應為藍圖？

　　「你餓不餓？我們，要不要先去吃早餐？」SORA 的髮色在陽

光普照的大藍天下折射出淺淺的棕色，眼睛被曬得睜不開，他用戴有手鍊的左手遮擋著強光。

（早餐？現在嗎？）

電影中的女生說罷，跟上鈴鐺似的清脆笑聲。

被取笑的 SORA 漲紅了臉，連忙轉身加快腳步，指住前方的目的地：「對了……你之前，有來過，動物園嗎？」

鏡頭拉近，「約會」的目的地終於揭盅，那是位於海洋大道旁的大型動物園。眼利的森一眼就認出，這是 HINODE 三年前推出單曲《暮色動物園》時拍攝音樂錄影帶的取材場地。

「啊那個，你知道嗎，」SORA 迅速轉身望向鏡頭，額前的髮絲飄盪，不偏不倚地墜落在設計好的位置之上：「我們那首《暮色動物園》是在這裏取景喔。」

早就料到了。森在屏幕前翻了白眼。雖然早就知道這些微電影說甚麼約會都是為了宣傳歌曲而衍生，可是植入式廣告硬銷到

這個地步就難免讓人出戲。

（我當然知道啦，喂，你不是要在我們的約會宣傳三年前的新歌吧？）

微電影的女主角簡直說出了森剛才的心聲，森沒料到劇本居然會這樣來個反轉自我吐槽，才驚覺這樣一來的確做到硬推歌曲的效果，又不會惹人反感。原來商業世界還有這種操作，作為觀眾或消費者，明明身陷其中，所理解的卻少之又少。

「這位歌迷真是忠實。」SORA還是擺出一副不苟言笑的模樣，卻作勢向鏡頭做出摸摸頭的動作。「不過，你不知道《暮色動物園》的原聲帶其實我有份和音吧？」

說罷他竟難得地擺出神氣的表情，只是不消一秒又為自己過份顯露情緒而收斂起來。雖然明知這是微電影，但森也不禁疑問這到底是劇本的設定，還是或多或少都參考了團員們私下的真實模樣。畢竟SORA不像KAZE或NATSU般活躍於訪問，對著鏡頭拿起咪高峰就能侃侃而談幾小時，即使是他的粉絲，所知他的事也並不多。就比如說，應該沒有任何歌迷知道SORA竟然還會

唱歌。

（騙人吧！我才不信呢。）

女主角伸手輕輕推了 SORA 一下，他沒有躲避而老實接下，還笑著回答。

「不信的話，我可以唱給你聽。」

隨即畫面背景的雜音刻意被收細，鏡頭中的 SORA 清清嗓子，哼起《暮色動物園》的前奏。

♫♪籠中的怪物少見多怪
旅客遊人其實是小孩
大人社會造就這扭曲生態
日光多曬，世界多壞
日落之前，要擁你入懷

這首歌在森上班的途中、一個人午飯的時間、臥在床邊將睡未睡的夜晚當中已經聽過無數遍，可是她一直聽到都是 KAZE

主唱的版本，要不是在這次「緣份約會」的微電影中抽中了 SORA，她很可能永遠也不會聽見這個版本的《暮色動物園》。雖然沒有抽中 KAZE 的「約會」，可是已足以讓森覺得值回票價。

　　畫面一轉已經離開了動物園，SORA 的背影嵌進面向大海的走廊。天色泛起像電腦後製的柔和橘黃色，看久了甚至會讓人昏昏欲睡的舒適。SORA 和鏡頭一同倚在海邊的欄杆，鏡頭直接取下他側臉的角度。在網上少數偏激的粉絲多次批評 SORA 長相平凡，個性又內向，沒有偶像風範。可是不知是後製太強還是氛圍渲染，森看著屏幕上的一張臉沒有想起那個她在台下前排見過無數次、那個總在舞台右側的人，她見到只是一個和自己好像擁有很多雷同的人。

　　森開始不太相信這是劇本塑造出來的人物設定，若是人為，編劇為何要為角色設計一個如此不討人喜歡的性格；又，若是這種人也能夠被喜歡，她自己又為何沒法被愛？

　　一不小心就走神，森向來在欣賞 HINODE 的作品時都會一百二十分的專注，生怕錯過偶像任何一舉手一投足，或者電影主角不是本命就突然喪失興趣？森自問不是這樣。比起 KAZE，

SORA 更像是一個她一直認知，但直到今天才認識的存在。

SORA 和女主角在長廊漫步，天色亦已經由暮轉暗。他盯著自己的腳步如何踩踏街燈投下的影子，似是自言自語。

「你知道，我為甚麼要選 SORA 作為名字出道嗎？」

（……你要告訴我嗎？）

「下次再說。」說到這個時候，SORA 已經帶鏡頭回到今早約見的車站，目光又刻意移開才繼續說：「這樣……你就要答應我再去約會吧。」

鏡頭一轉，場景來到某棟森永遠不可能住得起的住宅大樓的外面。來到尾聲，SORA 親口再複述一次今早訊息的內容，來個極其套路的首尾呼應。

「晚安。要記得我們今天的約會喔。」

畫面漸漸失焦，褪黑，彈出 HINODE 的團體標誌，當然少不

免宣傳語句:

「敬請期待《明天的你有空嗎》緣份企劃第二部！觀賞後，請務必完成問卷，連結為……」

♪ ♩ ♫

不消半秒，電腦屏幕就彈回官方網站的主頁，還附有討論區連結鼓勵大家到帖文分享觀後感。森沒有馬上點擊網站，倒是拿起手機打開群組。六人之中，除了任職化妝品牌專櫃小姐的蛋蛋和家庭主婦芳姐抽中了本命 KAZE，另外三人都抽中了陽光男孩 NATSU。對於森抽到 SORA 篇章的微電影，大家都紛紛表達同情。

「森森人這麼好，為甚麼今次會這麼不走運 QQ」

「雖然沒有抽中大人，小 NATSU 的約會也不差，但另一位真是……」

「森森要不要找芳姐聊一下填補心理創傷？」

「說好你們兩個要請客嘛！讓森森選想吃甚麼補償一下弱小心靈是必須的。」

「對，想吃甚麼隨便說。蛋蛋會全力資助的！」

「喂這是甚麼回事！！我不是和芳姐一起請嗎？！」

眾人你一言我一語，群組的訊息提示聲此起彼落，很快就將微電影結束後房間就回復死寂的一片空白填滿。森捧著手機會心微笑，待在她們之中，森第一次感到自己的確是身處於某個團體的一員。無論她遇到好事還是壞事，都有人和她一同感到快樂或惶惑。

「謝謝你們，但其實也沒這麼糟糕。」森在手機屏幕小小的鍵盤上輸入訊息，傳送：「看完就發現，SORA 原來和我也挺像的。」

訊息送出去的一刻森又來後悔，這會不會太過自我中心了？憑甚麼把自己跟人家堂堂偶像相提並論？

為了緩解這種先在自身衍生的不安，森又趁未有人說些甚麼前連忙補上一句：「就是普通人一個，哈哈。」

群組又再因為森的訊息而熱鬧起來。

「其實好不公平，大家都給一樣的價錢買驗證碼看電影，抽到的卻差這麼遠。」

「要看完整齣不會很辛苦嗎？」

「差點以為森森要背叛 KAZE 大人了！嚇死人 :<」

「嘻嘻，要是你轉會的話，我們也不會把你踢出群組的。」

「怎可能會跑去喜歡 SORA 啦？你看不見上次演唱會時 SORA 派的人丁有多單薄？保安都懶得走過去他們那邊。」

「很難說喔，應該是喜歡他夠貼地吧。」

有人在意自己的話，會因為自己的想法而產生新的想法掀起

討論。光是這種在社交中獲得的一點點存在，已經夠森覺得今天一整天都是快樂的。話題很快又回到微電影之上。抽中了 KAZE 篇的蛋蛋和芳姐毫不吝嗇地向大家分享電影的內容，比較之下其實電影的架構也差不多，分別只是成員會把女主角帶往不同的約會地點。NATSU 的是主題樂園，而 KAZE 的則是海灘，而大家聽見森的「約會」是動物園的時候，同情心又再一次在群組中氾濫成災。

「聽起來就很悶……」

「公司也太過分了，知道他人氣低就索性敷衍了事。」

「高下立見，KAZE 大人那一篇甚至有包遊艇出海燭光晚餐的情節！經費都用到大人那邊去了。雖然作為大人粉絲的我沒甚麼好抱怨就是。」

「但換著是自己的本命被公司冷待，粉絲也會很傷心。」

「那很正常，成員的粉絲數量可是直接影響公司賺多少。」

「選動物園只是想宣傳《暮色動物園》吧？好有目的。」

　　森的心情變得有點複雜。一方面見到朋友們為自己抱打不平而窩心，另一方面又不禁為自己其實沒有那麼可憐而不好意思承受這些好意。對她來說，SORA 這個微電影還不錯，不但沒有覺得浪費金錢和時間，反而挺慶幸自己見到偶像這一面。不，她連忙在腦海自行更正，本命當然還是 KAZE，這一點是不會改變的，只是 SORA 作為她所鍾愛的偶像團體 HINODE 的一員，她很高興能夠認識他多一點。儘管只是隔著屏幕。

　　躺在單人床上的森早關掉了房間的燈，漆黑之中她在被窩捧著手機，打開了音樂播放程式，目標清晰地點開了《暮色動物園》。HINODE 所有的單曲森都基本上能倒背如流，甚至一響起前奏頭幾個音符她就說得出歌名和專輯，這次她點開《暮色動物園》，第一次想在本命的天籟之音背後，聽出那個多年來一直都不顯眼的和音。可是直到她累透至失去意識之前，都沒有把他聽出來。

♫籠中的怪物少見多怪（但我願你能理解）
旅客遊人其實是小孩
大人社會造就這扭曲生態（接受我百般的醜態）

日光多曬，世界多壞

日落之前，要擁你入懷（被愛一次，都不算壞）

♪ ♩ ♩

晚上沒有摘掉耳筒睡覺的惡果就是，早上起來耳朵痿得不得了，而且臉頰還被耳筒電線壓出了一條淺淺的坑紋，要過半天才會慢慢消退。森的鬧鐘如常響起，昨晚看過電影後還和朋友在群組聊了很久，害她一度以為今天是可以睡到自己醒的悠閒假期。星期三，森盯住手機屏幕顯示的日期，上班族最為痛苦的一天。森拖著疲憊的身軀，換上七套服飾店套裝之中的第三套，晃過鏡子前見到臉上的電線印還沒消退，無論她怎樣揉搓也沒有好轉，而且不知道是不是心理作用，森越看就覺得它越是顯眼，不知不覺誤了出門的時間，已經趕不及平日坐的巴士，偏偏這時手機又接到電郵通知，但她已經沒有時間仔細去看，隨手拿了一個口罩戴上就趕緊出門。

最後森還是在上班時間前趕上了，回到座位氣來氣喘。今天森需要外出工作，她雖然是文職，主要負責整理教材和處理時間

表等等，但公司不時都會安排文職職員前往不同的分校，觀察授課狀況後撰寫報告。平日森對外勤並不抗拒，難得可以離開座位，外出一來一回能殺掉不少時間，但森今天真的因為睡眠不足而覺得累垮，她只想躲在自己的座位上喝咖啡盯住電腦屏幕發呆一整天，但見其他同事都已經相繼出發到需要視察的分校，她才萬般不願意地迫自己行動起來。

「要努力賺錢才可以去看演唱會——」她這樣勉勵著自己，才湊合打起一點精神。

森要前往的分校需要轉兩程巴士才到達，舟車勞頓下森一直在心底抱怨同事們又刻意把最偏遠難去的地點留給她，離開公司前她還聽到幾個私下相熟的同事故意挑選鄰近的分校，好等他們完成工作後還可以跑去吃下午茶，她卻在巴士的上層搖搖晃晃，還沒時間吃早餐的她又餓又累，要是她勇敢又野蠻一點的話，應該就會當場原地大喊這個世界有多不像話，指著那些同事的鼻子罵他們有多不公平。可是她並沒有，眼見車程還有好一段時間，她還是戴上耳機，一邊查看今早接到的電郵，一邊點開 HINODE 的播放清單，心情果然馬上平復下來。主音 KAZE 輕柔悅耳的聲音就是有種魔力，溫柔得讓人忘記外界的苦悶，撫平一切人類單

以自身無法抵抗的忿忿不平。

　　森完成視察的工作準備回程，一天已經過了大半。她從來沒有到過城市的這一邊，尋找車站時還得不斷倚靠地圖才不致迷路。出奇的是明明只是第一次來，但她越看這四周的景色就覺得越是熟悉。拐過街角前，她甚至還能說得出街尾那個公園的名字。很快她就知道了原因，她驚覺原來被派來這種偏遠地方也有好處——HINODE 其中一首單曲《森林遊》就是在這個近郊和市區銜接的區域拍攝，不像《暮色動物園》的動物園地標一樣顯眼，她雖然已經把 HINODE 的音樂錄影帶看過無數次，可是這首歌的外景鏡頭不算多，她從來沒有考究過《森林遊》在哪裏拍攝，直至今天無獨有偶跑來了這個地方。森很高興自己今天有出來，並深信古人說甚麼「塞翁失馬，焉知非福」不是毫無根據的正能量精神喊話。

　　機會難得，森難掩興奮的心情，無視有限的行動數據拿起手機，當場重溫一遍《森林遊》的音樂錄影帶。把裏面出現過的地點都走過一遍後，她才遲遲想起應該要拍些照片傳到群組，讓她們分享這份偶然帶來的喜悅。要是她回去公司跟同事分享，他們大概只會更合理化把她流放到偏遠地區的舉措；要是和家人晚飯

時分享，他們大概也會覺得她工作怎麼這樣清閑。她很慶幸還有
蛋蛋她們能夠充分理解這份快樂。森打開手機鏡頭，在行人路的
一端舉起相機，打算拍攝馬路對面的那盞交通燈時，在相機屏幕
發現了甚麼不妥。

「那不是……？」

森搖搖頭，確保自己沒有近視深得產生幻覺。《森林遊》的音
樂錄影帶有一幕正是在這個路口拍攝，當下的一幕是 KAZE 站在
馬路中央，攤開雙手高唱副歌，後方是撥著頭髮耍帥的 NATSU，
最後站在最盡處的，是在行人路的岸上插著口袋，仰視交通燈的
SORA。《森林遊》釋出時，這一幕曾經被粉絲們擷圖出來，取笑
SORA 根本就像個不關事的路人甲，也有人在吐糟明明燈號已經
轉綠了他為何還不過馬路，只會望著交通燈插袋拍照太為作狀。

而森在自己的手機屏幕中，親眼目睹這似曾相識的一幕。燈
號轉為可以通行的綠色，但附近並沒有其他行人過馬路，倒是在
兩邊的行人路上，一邊有舉著手機打算拍照的森，另一邊有插著
口袋，盯住綠色交通燈號看個目不轉睛的他。

　　這人不可能是他。森的理智告訴她他不可能出現在這個地方，不可能會在她面前活靈活現的出現。然而森的本能卻使她按下拍攝按鈕，她打開手機相簿放大照片，這人的五官輪廓，衣著打扮和他沒有十成也有九成相像。尤其是她昨天把這張臉整整望了一整晚，才不會認錯。

　　「但這真的不可能⋯⋯」森把目光從相片中移開，「SORA」還在原地。森決定趁燈號還未轉紅，直接過馬路到對面一看究竟──反正她要乘的巴士，車站也在對面。

　　越是靠近，森就越是無法相信自己的眼睛，眼前這個男人不折不扣就是 SORA。可是他真的不可能會在這裏出現。他們可是HINODE 啊？

　　森抵達對面的行人路，反而不敢靠得太近而刻意站在和男人相距兩三米左右距離。此時燈號已經轉回紅色，那人雙手插在口袋，指頭在袋中隨著交通燈「噠噠、噠噠」的節奏起伏不定。森在發現他為何會一直如此專注凝望交通燈的時候，一時沒按捺住就笑了出聲。

　　明明在這個距離下森的笑聲並不可能被聽見，更莫論他們是在遍佈雜音的街上。但那人竟然好像因為這樣而發現了森的存在，首度把視線移離上方的交通燈而去看她。目光接上的一刻，森的臉頰一下竄紅，反射神經著她連忙別過臉想要逃跑。她一轉身，背包掛著的鈴鐺掛飾「叮鈴噹啷」的響起，這下反而又更突顯了她急促逃離的步伐節奏。

「那個，請問……」

身後有人叫住了她。

　　森直到這刻仍然不敢相信這是事實，她深呼吸一口氣後決定轉身，她相信這些都是源於她今天過於疲累所致。只要她冷靜下來，就會發現那個在後面叫她的只是一個大眾臉的普通男生。就算 SORA 真的出現在這裏，他也不可能會叫住自己吧？

　　森回過頭，那人已經不知不覺走到她的附近，兩者的距離瞬間拉近到一米不夠。森微微仰頭，男子比她要高大概半個頭，從這個距離看，輪廓和五官都好像在一瞬間失焦，反而無法將這些眼耳口鼻歸納成同一張臉，輸入大腦辨別這人到底存不存在。

「請問你，」男子指住森背包上的鈴鐺，那是 HINODE 五年前創團時限量贈送給首批粉絲的紀念掛飾：「你是我們的歌迷嗎？」

♩ ♩ ♩

天哪，這不可能。在他向她搭話的短短數秒間，森在內心向自己吶喊了無數遍這不可能不可能不可能。但事實就在眼前上演，這對在電腦屏幕和她對視過十數遍的眼睛、這把她在《暮色動物園》聽出的和音所屬的嗓子，這人就是她在房間牆壁貼滿的海報上，她一直知道存在卻從未注意過的那張臉。

「喂？」眼前的男子見她一臉呆滯，故意在她面前揚手把她在不知浮遊到哪去的意識喚回來：「你還好嗎？」

他左手戴著的手鍊，不會錯的。

森一下回過神來，連忙反應：「對……對！你是……」她好像還不能相信這是現實，覺得自己身處甚麼不用負責的夢境般踮起腳尖，勇敢湊近眼前的他，直至近得她能看清他皮膚上的毛孔和

鬍渣這般細緻的細節，她才被嚇倒般連忙後退好幾步：「你是你是你是……」

「哦？你居然能認出我，好驚喜呢，謝謝你。」他擺出意外的神情，隨即掀起森從未在宣傳海報或舞台上見過的樸實笑容。他不像微電影的 SORA 般冷酷，眼前的他從各方面都好像更為真實、更有溫度。

「怎可能認不出！我從你們……你們出道就喜歡你們……你們每一首歌我都會，每一場演唱會我都在……我──」森眨眨眼睛，一時之間語塞，只能說出籠統到像人工智慧生成的罐頭反應：「我很喜歡你們。真的很喜歡很喜歡……」

森對於 HINODE 的喜歡遠遠不止於會唱每一首歌或出席每一場演唱會，只是她才剛開始接受 SORA 竟然就站在面前和自己對話這般比夢境更為不可思議的事實，三魂七魄都還沒歸來。何況就算是在正常情況下，要她向任何人清晰說出 HINODE 對她的重大意義也不容易。當一件事情深陷內心太深，它會逐漸變成你的一部分，而人鮮有認識自己，所有要將任何深刻感受訴諸言語才會這般困難。

想也想到，他對於歌迷的表白應該已經聽到司空見慣，甚至已經練出一套專業回應，知道如何才能最有效地維持偶像的高度，同時又討得歌迷歡心。但想像和實際往往相反。

「不是喔，大家都說我大眾臉，和街上隨便一個男生比都沒有分別，又不懂在台上炒氣氛，跟歌迷的交流也蹩腳得不得了。要不是在 HINODE 的話早就被市場淘汰。不是這樣嗎？」

森沒料到，會從他本人口中聽見這種話。

他伸了一個懶腰，說得雲淡風輕，好像被批評的不是自己一樣。森發現原來他能夠得知網民對他們的評論，還會一一記下來，他其實還是在意。他見她沒有答話，向她單著眼睛，以一副能讀心的模樣問道：「讓我猜猜，你的本命也是 KAZE 吧。」

「這……」在森一生中的任何時刻，她都以自己的本命自豪，就算明知 KAZE 是最多人喜歡的成員，她對本命的愛戴也沒有因此動搖過。反而在這刻，在她親耳聽見 SORA 本人自嘲不像偶像，和普通人沒有分別的這刻，她不想在他面前承認這一點。

從小到大，她的同學都比她長得標緻漂亮，她喜歡或不喜歡的男生往往都會選擇她們。鵝蛋臉、大眼睛、長頭髮。她曾無數次想過如果有人也能在大眾流行的選擇以外，揀選自己，她會有多快樂。

她知道這一點。

「我知道《暮色動物園》有你唱的和音。」她不知哪來的勇氣，竟在初次見面的人之前清唱起那句隱藏在主音、樂器和旋律後面的歌詞來：「『被愛一次，都不算壞』。」

無奈的是森的本命的確是 KAZE，他在訪問談過的每一件私事瑣事她都記得一清二楚。然而雖然 HINODE 是她生命中不可或缺的重心，除了歌曲以外，她所關注的重點都是 KAZE 本人，相比之下對其他成員的認知的確少之又少。要說的話，她是從昨晚抽中了他的微電影才開始注意起 SORA 來，這項資訊已經是她在千鈞一髮中所想得出最為相關。她總不能告訴他，她沒來由的感覺自己和他相像吧？

「喔？看來你昨晚和我『約會』了喔。」

　　SORA 對她能夠唱出和音歌詞而大感驚喜，同時也猜得到要不是在昨晚上線的微電影中提及這則軼事，除了有份參與歌曲製作的工作人員以外根本不會有人發現這一點。公司正是看準這點才將這件和歌曲相關的趣事加進微電影劇情之中，作為彩蛋送給觀眾。當然，另一種商業考慮也是《暮色動物園》的熱潮已過，這樣一出可望再衝一波點擊率。

　　SORA 一望四周，發現在他們對話的這段時間不僅沒有路人走過，交通燈號甚至轉了好幾遍也沒有車輛駛過。

　　「話說回來，你是故意來我們拍攝過音樂錄影帶的地方來朝聖嗎？這裏真的很難來喔。」

　　他早就知道這裏偏僻，沒想過會遇見 HINODE 的初代歌迷，甚至還能認出自己。

　　「我是到那邊工作，因為要轉車才會來到這邊……」森遙指遠處另一邊，要不是她被派遣到那僻靜又遙遠的分校觀課，她就不會被巴士帶來這裏，要不是因為要找轉車站，她就不會在交通燈前遇見他。

「哦？看來，我們很有緣喔。」SORA 開玩笑的說這一句，森感覺到自己胸腔裏的心臟已經跳得亂七八糟，只得在紊亂得不可開交的思緒下的隨便找點甚麼話來沖散叫人透不過氣的氛圍。

「那你……來這裏做甚麼？也是朝聖嗎？」

聽見此話的 SORA 當場愣住，森這下才心知不妙，自己到底講了甚麼蠢話。她剛剛在問 SORA 是不是來朝聖自己拍攝音樂錄影帶的地方嗎？

森在意識到自己的愚蠢之時已經太遲了，SORA 已經笑得捂住肚子，瞇著眼看她：「看來你和我一樣，都是不怎麼懂得在世界打交道。」

森沒有回答，她其實很慶幸 SORA 竟然也覺得兩人相像。不過，他們也說過 SORA 的粉絲都是喜歡他夠真實貼地。這些讓人以為和他能夠接近的說話，會不會像微電影的劇本一樣，單純是在精密的市場策劃下所作的人設？

SORA 沒再繼續剛才的話題，讓森更為覺得這可能只是他植

入心底的預設應對，根本沒有甚麼意思。他向森說出自己會在這裏出現的原因：「其實我們最近寫了一首新歌，是《森林遊》的後篇，叫《天空記》。《森林遊》之中有一段低音結他獨奏，我是參考了交通燈號轉紅和轉綠不同的節奏重拍來寫的。我想為《天空記》也寫一段類似的獨奏，所以專程來找回感覺。」

「所以你在盯住交通燈，是為了數拍子？」森一下間恍然大悟，看了他一眼又望向那座在音樂錄影帶出現過的交通燈。

SORA 如實回答：「對啊。在拍攝音樂錄影帶的時候不是已經給了提示嗎？是網民們忙著取笑我才發現不到吧。」

「為甚麼你不為自己說說話？」森也不相信自己竟然會這樣對他說話，以近乎怪責的語氣為他打抱不平，終究她到底也不是這般直率又勇敢的人，在說了出口的一刻又再懊悔自己的話有多蠢，連忙換個說法：「我的意思是，你們的公司應該要為你平反啊。你是他們栽培出來的偶像，讓你被取笑也沒有好處。」

森把心中的疑問傾巢吐出的一刻，其實心底一虛。在朋友們得知她抽中了 SORA 的微電影，以憐憫的心情安慰她的時候，她

其實也沒有為 SORA 站起來說過一句話，說她其實覺得這個人也有很值得被看見的地方，不該被這樣對待。更重要的是，她的確是由衷這樣覺得。

她自責又慶幸 SORA 不知道這一點。

他靜心等待森把話說完後，沒有急著回答。

「你渴嗎？」他突如其來拋出一句。

「甚麼？」森還以為自己聽錯。

「我想到那邊買點喝的。」他指著路上設置的自動販賣機。

兩人就這樣踱步到數步之遙的自動販賣機。路上，森回頭望向那個他一直在等待卻從未橫過的馬路對岸，在這短短的路程上心想：假如對面現在有人，就會見到她和 SORA 兩人正在並肩而走。他們會覺得，這兩人是一對嗎？

「喂喂，」SORA 的聲音把她從不切實際的幻想中喚過來：「你

要喝點甚麼嗎？」他指住販賣機亮著光的陳列櫃。森回過神來，不想讓他知道自己正在發呆只好隨意選了目光所及的第一款黑咖啡。SORA 把手伸進口袋，發出叮叮噹噹的硬幣碰擊聲。未幾，他就彎身為森和自己取了飲料，兩人就這樣在路邊喝起飲料來。

SORA 把手中的碳酸飲料扭開，森一直在找機會瞄過去，她想知道他慣常都喝甚麼飲料，這種關乎偶像的小事就算再瑣碎對粉絲來說都是會記上一輩子的大事。可是他的手由開瓶蓋到喝下都一直緊握樽身，從外型看起來森也沒法辨認出那是任何她認識的品牌。

「公司的營運有很多考慮。所有團體之中其實都會有特別受歡迎的團員，這是很正常的事。」SORA 似乎沒注意到森的注意力已經移到他的飲料之上，他也沒有忘記森剛才提出的問題：「其實就像你們上班一樣，表現好的同事就會加薪升職，我們的工作其實也沒有多大不同，能為公司賺到更多錢的成員，公司就會更落力為他安排工作，工作多曝光自然多，變得受歡迎也是連帶效益。要說實際的話，我甚至覺得 HINODE 也的確因為 KAZE 而受惠不少，很多人都是因為 KAZE 而開始注意我們的音樂。而且——」

SORA 有意無意選擇在這裏斷開句子，森聽得更為留神。

「偶像，是不應該有感覺的。」說罷，森注意到在他臉上閃過一個意義不明的笑容，她嘗試仔細分析這個笑容的違和出自於哪，他好像笑得相當勉強，不是出於喜悦溢於言表的快樂，但同時又讓人感到那是發自真心的矛盾。

不應該有感覺？

「但是，你們的歌曲不像是由沒有感覺的人演奏的。」森自覺應該理解他對她袒露的一切，但她實在無法苟同他這句話：「我把你們每一首歌都聽過至少五十一百遍，不是這樣的。」

森的發言出乎了他的意料，過了半晌他才記得應該要從自己思索的深淵中抽離。他不應該有感覺，包括遲疑和難堪，或一切其他普通人才有的感知。

「抱歉，我其實不應該讓你聽見這些話的。」他搔搔耳朵，習慣性回頭還是首先望向那座交通燈，其時燈號是綠色的：「謝謝你喜歡我們。」

「為甚麼?」森一見他別過臉,怕他轉身就離去而叫住他。她不明白他為甚麼會說出這麼多的「不應該」。

SORA 還駐足原地,像在微電影一樣盯住腳尖不停在踩踏自己的影子。

所有事都一模一樣,不同的只是,他在現實世界這個偏遠得杳無人煙的地方遇見了森,和她對話。當中再沒有屏幕相隔。

這時,SORA 一口氣把剩餘的碳酸飲料倒進咽喉,在把空樽拋進自動販賣機旁側的垃圾桶前,森終於看到了印在樽身的飲料品牌:MIRACLE。

這是森從未聽過的飲料,她不知道這個品牌,也不知道這瓶飲品到底是甚麼味道。或者她曾經在其他自動販賣機上看過,只是從未在腦海中留在更深的印象。

或者它是一直待在打著亮燈的舞台旁側,所以才沒有被更多人看見。

但森可幸眼前的 SORA 還在，把飲料清空後的他沒有轉身就走。森把手中的咖啡緊緊握住，生怕誰會搶走一樣。也許他們能夠相遇，或者本身已是一場奇跡。

「無論是公司打造 HINODE，還是我們站在台上表演，目的其實只有一個，」SORA 所説的當然不是商業回報之類：「音樂還是偶像，其實都只是一個媒介，我們的工作是要為人帶來希望。帶來希望的人本身，怎能夠擺出垂頭喪氣的模樣？」

「但如果你不快樂，你應該被允許擺出不快樂的樣子。」森在想的是網上那些針對他的尖酸評論，明明他每次表演都在台上落力演奏，為甚麼要因為其他不重要的事而被批評和漠視？她話雖這樣説，但想到自己在人前被嘲笑或排斥的時候，還是敢怒不敢言，知易行難，但至少她希望眼前的人能過得比自己好。

他隨即又抛出另一個例子：「去主題樂園的時候，不是也有很多卡通人物跟賓客拍照嗎？雖然那些賓客，只要不是小孩子都會知道那些角色都是人假扮的，但他們可是有非常嚴格的規定，無論如何都不可以在賓客面前摘下頭套。

　　只要易地而處一想就知道他們一點不快樂，在大熱暑天套著這麼毛茸茸的玩偶裝，內心肯定分分秒秒都在罵髒話，但他們不可以、也不應該這樣做。因為他們的工作是締造這個世上根本不存在的魔法，他們要扮成會說話的黃色小熊、會唱歌跳舞的老鼠，歡天喜地在公主城堡前蹦蹦跳跳，而賓客買門票進場，就是為了一個可以欺騙自己真的走進了魔法世界的下午。」他說，偶像或樂團哪個身份都一樣，其實就是製造帶給人希望的魔法。

　　魔法，嗎？

　　森逕自在心中默唸數遍，她不肯定自己是否相信有魔法的存在，但 HINODE 的確在很多時候都帶給過她希望。即使是只能在小小的屏幕上，看著他們活力十足地在舞台上揮灑汗水盡情演奏，她也會不知不覺地感到充滿幹勁。她一直以為 HINODE 就是這般有感染力，但或者，歌曲就是他們的魔法。

　　「那有沒有一種，」森在腦中揣想，在思索和明言之間一不小心就讓它溜出口：「能讓你自己快樂的魔法？」

　　他像畫面未及緩衝而定格一樣停頓頃刻，很快又回復一派正

常。

「我就説了，站在這個位置的我不會不快樂的啊，」説的時候，他還刻意更用力的掀扯嘴角：「你想想，世界有這麼多偶像，能夠被你們所選擇，在你們失意的時候，能夠隔著耳機扶你們一把，我們的存在這麼有意義，怎可能不快樂？」

沒有人説話的空檔被交通燈具節奏而缺乏生命力的「噠噠、噠噠」填充。他們就在原地等到交通燈由紅轉綠。三十六下，森一直在心默數，他們共度了至少三十六下的燈號脈搏。

「耽誤了你這麼多時間，真不好意思，」SORA 有禮地微微欠身，對話間一下變得公式。他率先打破凝滯空氣間的沉寂，大概是想在場面變得尷尬之前説點甚麼：「我也要回去了。要送你到車站嗎？」

他盡顯風度，讓森剛才亂跳不已的小心臟又經歷一次融化。她好想跟他掙多一點相處的時間，儘管他不是 KAZE，也是有份製造魔法的一員。她想不出另一種沒那麼矯揉的説法，但能在這裏遇見他和做夢一樣沒兩樣。我們不能選擇自己要做甚麼夢，無

論是好夢惡夢，都是只能夠啟動一次的限量驗證碼，只能在似有還無的記憶內重溫。

她又再把手中的黑咖啡握得更緊，怕它會在眨眼間就像被施了戲法一樣消失。

森指著就在他身後的巴士站牌，不好意思地笑稱她已經到了。他也報以笑容，點頭，揮手道別，露出在微電影邂逅一幕中的背影。

要不要問他接下來去哪？不如讓我送他去車站？問我們還可以再見嗎？可否拿他的聯絡方式？不不不，森使勁地拍打自己的腦袋，暗罵自己肯定是瘋掉了，人家怎可能給自己聯絡方式？

在車站佇立的森望著背影遠去，她知道這不是昨夜的微電影，他不會把她送回家，也不會輕輕揉搓她的頭髮讓她記住今天的約會——這甚至不是約會，他們只是在馬路旁說了一些有的沒的。畢竟，她不是女主角，人生也不是愛情電影。

有時候做夢，我們會抵達一種將醒未醒的邊際，隱約知道自

己好像正置身夢境之類的地方，可是意識的表層並沒有這麼理智去作出相應的動作。人就像被設定了程式的角色，動彈不得，思緒卻異常活躍——做夢是大腦過度活躍的反射，也是同一回事。

森感到自己正是處於這種狀態，她在心裏好像有一條影片底部的進度桿，她知道這個夢境將要到達尾聲，她會在真實而殘酷的世界醒來，坐上那架把她帶回辦公室的巴士，完成背包一大堆要寫的報告，晚上再用沒營養的盒飯塞飽自己。要是她把今天的事放到群組上分享，她們會為她感到興奮，還是像昨日一樣可憐她遇到的人偏偏是 SORA 嗎？

就在她以為劇情將會這樣發展下去，不可能不這樣發展下去的時候，他在快將消失的視線盡頭竟然轉身。

他……在看我嗎？森的心也漏跳半拍，難道是剛才的相遇過於衝擊，讓她把腦中想看見的投射到現實世界來？

但他開始向她的方向邁步，他由越來越遠，變得越來越近。在森的角度看他比想像中更為虛無，他總是急不猝防的出現，毫無預警地離開，然後，出乎意料地回來。

「對了，我忘了問你一件事。」直到他在面前停下，森才終於確信他是真的為了自己而折返，而不是走錯方向了。

森本來想說點甚麼，可是一張開口就語塞得像啞巴。

他擺出尷尬的笑容，似是在預先訕笑自己接下來要說的對白：

「『明天的你有空嗎』？」

森在微電影或歌曲宣傳的訪談中聽他們說過這句話無數遍，可是只有這次的「你」是指她一人，不是那些他們隔著屏幕，從來只以眾數統稱的歌迷。

「我接下來幾天都沒有通告，想像今天周圍轉轉，為演出汲收靈感。」他搔搔頭，視線在她身邊的四周游離不定：「我在想，如果有人像剛才和我說說話，可能會有點不一樣的收穫。」

森像電腦當機一樣不敢反應，她怕自己一開口，一眨眼或一呼吸就會像從夢中醒來，她怕有甚麼風吹草動，這個他就會消失不見，回到遙遠的舞台之上。就算她再努力上班賺錢，和他們最

接近的位置也不過是 A 行。

可能是森愣得太久，害他覺得不得不要再説點話去解釋自己的用意：「我從來沒跟歌迷聊過這麼多。你知道，我們每次演出後就不得不回去，沒有這樣的機會和喜歡我們作品的人好好聊一聊。」他吐吐舌頭，為自己打個圓場：「前提，如果你不介意。」

森自知不能夠再被懦弱耽誤對話，再不然他這次真的會轉身離開永遠不回來。她飛快在腦中重溫一切看過的偶像電視劇言情愛情小說，卻怎也抽不出一句管用的話，腦袋不知哪條筋一彈，脱口就説出：「你⋯⋯要給我聯絡方式嗎？」

她的喉舌比腦袋還要動得快，還沒答允就直接跳到下一步。SORA 大概也早就意會到森的不擅辭令，開她玩笑答道：「當然啊，不然怎麼約？」

在巴士的上層，森一直望住手機剛才新增的聯絡人，望得眼睛痠軟也不敢眨一下眼。在搖搖晃晃的車上她開始想，人生或者不是微電影，但自己，可能能成為一次女主角？如果人生的不幸都有配額，她是不是在經歷三十年的寂寞後，終於儲夠了幸運值

去兌換可能只出現一次的美好？

良久，森終於點開通訊軟件，傳了一個訊息。

「蛋蛋。」她點開對話框，指頭還在持續顫抖，連簡單的字都打錯數遍：「明天早上你要上班嗎？」

很快電話就傳來兩下「叮」的預設提示音。

「噢我想想，如果我在今天晚上遇到個又帥又高的有錢人，他一見面就誠懇地希望我能嫁給他的話，我明天應該就不會去上班。」「當然要上班啊！九到八，怎麼了？」

森心中暗喜，這樣的時間剛好。

「明天九點我來專櫃找你，幫我化妝。」

她猶豫片刻，還是把另一條打好的訊息送出。

「我要去約會了。」

♪ ♩ ♩

　　她把空掉的咖啡罐清洗好,仔細拭乾,放在房間最顯眼的位置。只要罐子一天仍在,她今天遇到的事就是真的。

　　翌日森向公司告假,事出突然,她訛稱家裏有急事而不得不缺勤一天。事實是就算公司沒批准她的申請,她已經做好辭職的心理準備——彷彿她活到現在就是為了等待這一天。

　　蛋蛋見到森在未開門營業的店舖前等待時,難免吃了一驚:「天啊,你到底幾點就來了?」

　　森雖然徹夜未眠,可是卻前所未有的精力充沛。她在路途中故意繞過好幾台自動販賣機,都沒有發現昨天 SORA 喝的碳酸飲料,只好再次買了一罐黑咖啡。她心情大好,甚至還活潑地向蛋蛋和她身後的同事主動打了招呼,與早上攝取的咖啡因無關。

　　她們兩人同是 HINODE 的元祖粉絲,成軍五年她們就相識五年。蛋蛋說她今天幾乎可以看得見在森旁邊都洋溢著粉紅色的氣

泡。

「你給我適可而止——一直在傻笑我怎樣給你塗粉底！」蛋蛋嘴裏不斷説著不耐煩的話，可這是她認識森以來第一次聽見她要去約會，內心為她高興也來不及。

「看你這副德性，我還沒見到你男朋友就給你閃瞎了。」她一邊為森仔細地遮蓋毛孔粉刺，一邊笑著揶揄。

「還不是男朋友啦。」森竭力控制著自己的臉部表情不要太過誇張，不然怕會毀了妝容。昨晚她已經依照蛋蛋的指示，甚麼面膜精華霜都臨急抱佛腳一樣塗到臉上。畢竟昨天她和SORA碰面的時候戴了口罩，今天卻要以真面目示人，她倒不希望因為自己的外表嚇跑別人。

蛋蛋一邊將調色板湊近森的臉龐比對膚色亮度，一邊批評她：「還沒在一起你就這樣費煞思量！我告訴你，千萬不要讓他知道你這樣費心思，不然關係失衡就完了……別説我沒提醒你，大忌是千萬不要讓他認為自己很了不起。」

「他⋯⋯」自昨天起，森只要一不留神腦海就會自動浮現 SORA 的臉蛋，她整夜失眠，睡不著就跑去把 HINODE 的演唱會錄影帶重溫一次，只是這次她的目光不再是站在舞台中央發亮的 KAZE：「他的確是挺了不起的。」

蛋蛋又翻了一下白眼，好氣沒氣地向她攤開掌心：「相片呢？有圖有真相喔。」

森早有料到今天會被蛋蛋追問細節，她早就決定在今天之前要把一切守口如瓶，生怕有甚麼因素會影響到事情的發展。儘管她有多想渴望去跟群組的所有人分享這夢境似的一切，鉅細無遺地描述他說話時臉上最微細的抖動，這一刻，她還是希望故事是屬於「他們」的。

他們。森每次在心裏想起「他們」是在指自己和 SORA 兩人的時候，嘴角總會不自控地上揚。

她佻皮地向蛋蛋單了一眼，將食指豎在朱唇之上，拒絕泄漏更多粉紅色氣泡：「秘密。」

♪ ♪ ♪

　　聯絡人名稱被儲存為「SORA」的號碼在今天早上給森傳了一條訊息，不知是故意還是偶然，他相約她會合的地點正好是海洋大道。

　　直到在車站見到他的時候，森心底還有一絲害怕他會因為任何原因爽約。但他如約出現在車站前，甚至比起早到的森還要更早到。他從遠處已經見到森，從大衣掏出手來向她揮動。

　　「你……這麼早？」來到相同的場景，森不禁想起微電影的情節。在劇情中，SORA 羞澀地告訴女主角因為自己太期待約會，所以才會比約定時間更早來到。森的腦袋飛快轉動，要是他真是這樣說的話，自己要怎樣應對才好？

　　「喔，剛才跟朋友在附近吃飯，見時候還早就散步過來了。」沒有出現預想中的情節，SORA 不以為然地說著。森心想，果然這不是甚麼緣份企劃，SORA 今天找她出來，可能真的是想找個歌迷來聽聽感想，僅此而已。

　　森深呼吸了一口氣，裝出一副比他更為淡然的語氣：「我也是沒事幹，想早點出門就早到了。」她一開口就認清自己在對話之上無論想裝作強悍還是裝作可愛都一樣拙劣，無論如何，她也不可能想得出像微電影女主角一樣的撒嬌對白，讓他柔情萬千地揉她的頭。

　　她昨天晚上可是因為想到這一幕，而特地在超市買了日本品牌的香氣洗髮水。她現在回想真是覺得自己蠢死了。

　　SORA 在步調上採取著主導，森識相地跟在他後面。未幾她就發現這樣走下去的話她根本沒機會跟他說到話，心叫不妙後便盡量不著痕跡地慢慢加快腳步，走到他身邊開腔搭話：
　　「來海洋大道，是想找回《暮色動物園》的靈感嗎？」

　　森見他一直和她往海邊的方向走，似乎沒有要像微電影一樣帶她到動物園的打算。當然了，這又不是約會。森在心裏反覆提醒自己不要抱持太多期待，也不要太過貪心。像她這種人，沒有專長也沒有優點，甚麼方面也從不亮眼，能夠和 SORA 這般才華橫溢又受歡迎的偶像單獨共處已經是幾生修到。

他沒有直接回答關於靈感的問題，反為問森：「你喜歡這首歌嗎？」

森思索頃刻，不知哪來的靈感決定有話直說：「喜歡，但不是最喜歡。」

她的確是個一事無成的人，如果說她整個人有甚麼擅長的話，不是唸書，也不是她在那家死氣沉沉的公司擔任的文職工作，她一生人最有熱情、最為熟悉的，就是關於 HINODE 的所有歌曲。

這個回答出乎 SORA 意料。試想像偶像一般問粉絲是否喜歡自己的作品，就算是一般人也會直說喜歡。森的誠實讓 SORA 挑挑眉頭，示意想聽她說下去。

「這首明明以情歌包裝，歌詞卻讓人聽得很傷心。」森沒有再想太多，一邊踱步一邊就把心裏想到的直說出來：「裏面不是說，自覺是怪物的主角卑微地渴求被愛嗎？」森喜歡這首歌，原因是她很能夠把自己代入歌詞的怪獸之中，被排斥在外、被討厭嫌棄的滋味她都經歷過，不喜歡的，是她不想再一次記起這種無論走在哪裏都感覺自己低人一等的窒息感。

不知為何，她今早明明一直費盡心神想要將自己最好的一面呈現給他看，在他心中留下好印象。可是來到見面一刻，比起在意 SORA 怎樣想自己，她更想向他呈上自己真正的想法。要是往日對自己毫無自信的森肯定不會湧現這種想法，難道是他們真有這種強大的魔力，可以改變別人？

「這首歌其實是參考了童話故事《美女與野獸》。城堡有一株玫瑰花，野獸要在最後一塊花瓣掉落前得到真愛才能解開詛咒，最後女主角貝兒就是樂於接受野獸的一切而解救他的人。《暮色動物園》當中的暮色除了採用黃昏浪漫的氛圍，意象上也可以指時限，所說的是就算是條件再差的人，在故事完結前，最終都一定能得到真愛。」

SORA 明白森為何會有這種感覺，他卻不急於為歌曲解釋，反而將背後的創作意念娓娓道來。這些事情，森從沒想過會在 HINODE 任何一位成員的口中聽見。

「說是說野獸，他們本身並不是甚麼窮兇極惡的存在，只是在這個社會一小撮人定下的遊戲規則下，和他們不一樣的人就成了『野獸』。」望向地下的他垂下眼睛，森這時才發現他的睫毛原來

長得這麼誇張。這種事，無論她盯著海報看多少遍、在演唱會坐得多前也不可能得知：「但就算是被關在動物園的怪獸，這首歌的重點是，他們最後都能被愛。」

就在此刻，森好像聽得見 SORA 在主旋律背後淡淡而輕柔的歌聲。

♫但我願你能理解

他像微電影中一樣倚在欄杆，對海伸了一個懶腰。森也跟著走到欄杆處，卻不知應該要靠多近才不會太進取，隔多遠才不致生疏。

他沒意會到旁邊的森有多苦惱，繼續沉醉在野獸最後獲得真愛的故事當中。

「被愛之後，人就會慢慢好起來。」他望向遠方，徐徐說道。

「真的嗎？」森最後選定一個位置，雙臂擱在被海風吹得冰冷的欄杆：「被愛之後，就會好起來？」

「大概吧，我希望是這樣囉。」他抿嘴一笑：「但我也不知道呢，我還沒有等到貝兒公主啊。」

「你又不是野獸，」森接上他的故事，她知道這首《暮色動物園》或多或少代入了那個在團體中不時感到卑微的他：「你這麼優秀，你……應該要知道這一點。」

像她自己，也不時感到同樣的微小，只是他的舞台大，她的世界比較小。

「唏，你知道嗎？昨天我回去之後，想了很久，」他頃刻轉了個話題，視線由望海轉為望向她：「你是第一個，會關心我們快不快樂的人。」

「這……唔，」突如其來的讚賞讓森措手不及，她不擅應對善意以致一切在她身上發生美好的物事。

他見她不懂反應，輕輕伸手碰她的肩膀一下：「我是說真的喔。」他不會知道，這個舉動在森弱小的心臟裏翻起了多嚴重的海嘯。

「是的，因為我希望你能夠快樂。」

一時沖昏頭腦，森難以置信自己居然説出這種話，就在他面前。

「不管你是誰，我都希望你能夠快樂。」她想起那些獨自在關上燈的房間，默默為她一人發亮的電腦屏幕中的他們，她將他們的演唱會、音樂錄影帶、有份參演的甚麼都不時回播。就算在外過上多糟的一天，只要看見他們的演出甚至聽見那些旋律就能使她快樂起來，就算説不上快樂，至少也沒那麼寂寞。如果她知道，那些在舞台上的笑臉背後其實充滿著叫他們痛苦的自我質疑，她不肯定自己在那之後，再見到他們時那種魔法是否還能對她奏效。

所以為了自己，她也希望他們三人全部都能夠快樂。

「我無法形容我有多喜歡 HINODE，」森低下頭，不斷揉著自己的衣擺排解袒露心情的忐忑：「但我希望被我如此喜歡著的你們，能夠好起來。」

「哇。」他聽罷失笑一聲，刻意挪開在她身上的視線才説：「我

好像已經有覺得好一點了。」

♫日光多曬，世界多壞

♪ ♩ ♩

　　森希望世界在這刻停頓。太陽不要再落下，浪花不要再拍打石頭，欄杆上的海鷗可以永遠停留在這。

　　「哼，你的本命還是 KAZE 吧。」他指向森手中的手機。她一時沒想起，按開屏幕的保護桌布就是 HINODE 團體照──KAZE 站在中央、身位被放到最大，後方是提著鼓棍的 NATSU，最後方的 SORA 只有指甲這般大小。

　　「KAZE 大人──不，我是說，KAZE 是偶像，誇張點説是像神明一樣遙遠得不可觸及的存在。」森連忙把手機收起，一下情急目光直直地看進他眼裏：「但你不一樣。」

　　「果然，連你也覺得我不像偶像。」他沒聽下去，臉上就閃過

一刹失落。森自覺，那是超越偶像對粉絲的失落。

「不，我的意思是，『偶像』只是你的身份、你的工作，但不是你。

你本身，應該就只是你自己。雖然我還沒有好好認識你，但我覺得，你跟我很像……」

他沒有被森的話嚇倒，反倒似是早就料到她會這樣說一樣而緊隨其後接話：「你知道，我為甚麼要以 SORA 的名字出道嗎？」

森歪歪頭，不肯定作為出道起就支持他們的忠實歌迷是否應該要懂這個答案。

他指向海平面，如果海有一個盡頭，他的指尖就是朝著那裏：「SORA 是天空的意思。對大數人來說，每天醒來頭上都是同一片天，但如果願意停下來仔細看，其實每一日的天空，甚至每小時的天空都是不一樣的。」

「你真正的名字是甚麼？」森鼓起勇氣乘勢追問：「你們從來

沒有公開過自己的本名吧。」

「對啊，因為我們只需要在台上用偶像的身份為歌迷帶來希望，」他點頭，以一副理所當然的口吻答道：「我們在成為 HINODE 之前是誰，根本不重要。

「重要，」森一口反駁：「對希望更多認識你的我來說，很重要。」她一再強調，自己想認識的並不是 SORA，不只是站在舞台右側的他。

他擺出一副「拿你沒輒」的洩氣樣子，朝她笑說：「你果然還是第一個，這樣說的人呢。」

他和森一言一語，在一整個黃昏把大家各自錯過對方的前半生都一一補完。森將自己談過的唯一一次戀愛如實相告，他卻告訴她自己因為從小就在埋頭苦練低音結他，從未交往過。森告訴他，自己曾經因為長相而被同學取笑，他一派輕鬆地反問森：你是不是沒見過那些說我長得像路人的網上留言？森和他一笑置之，好像過去一切曾經反覆折磨他們的，只要站在特定的角度就像那些會變形的視覺立體畫一樣，換個角度就由平面的虛想圖變得活

靈活現。

　　森從未如此慶幸自己經歷過的一切不幸，如果可以，她想回到過去，逐個尋回那些取笑過她嫌棄過她對她冷眼旁觀過的每一個人，她要拉住他們每一個的手，由衷地感謝他們讓她獲得那一切的悲慘過去。她回頭一看，心想要是從未受傷，就不可能會有這些被另一個人所修補的確幸。

　　他們一直聊到分享暮色才動身離開。在車站分別前，SORA再一次叫住了她，她以為他真的會像微電影一樣輕揉她的頭髮，但他沒有這樣做。

　　在他彎身將唇畔貼近她的一瞬間之後，他就連忙轉過臉，快步跑進車站。

　　森愣在原地錯過了好幾班車。她不想離開這個帶來奇跡的車站，她自覺一生的平凡，都是為了兌換此刻而存在。

　　♫被愛一次，都不算壞

♪ ♪ ♪

　　自在海洋大道的約會後已經過了數天，這晚森打電話給蛋蛋約她見面，指明只有她們兩個，不想要群組其他人在場。蛋蛋猜到森煞有介事的找她，多半是想談關於約會的事，便在一家相熟的地下酒吧訂了座位，酒吧位於某棟古舊建築的地下層，裝潢有情調之餘，還很適合聊天。

　　森在事後回想，那一刻還是過得相當不真實。可是 SORA 在那天晚上就已經急不及待致電給她，他們談了一整個通宵，隔天森還是不想上班，整天就窩在被窩裏，繼續和他聊到另一個暮色來臨。

　　再一次翹班了的森比約定時間更早就來到酒吧，剛下班的蛋蛋沿著迴形樓梯走進位於地下室的酒吧，森今天穿了一條露肩雪紡長裙，臉上塗抹了上次在她工作的專櫃買下的化妝品套裝，遠看她散發著比那天更為濃烈的粉色泡沫。

　　「蛋蛋，我只告訴你。」森很少喝酒，呷了蛋蛋為她點的柯夢

波丹數口已經臉泛緋紅：「你要答應我，千萬千萬不可以告訴其他人，特別是芳姐她們。」

得知森説今晚要請客後，蛋蛋毫不客氣一口氣就喝了一大口雞尾酒：「怎麼了，你的本命不再是大人，怕她們宰了你嗎？」她吃吃地笑。

「哎不是這個，」森先是搖頭擺手，頃刻，她又歪頭腼腆一笑改口：「欸，其實也可以説是吧。」

蛋蛋放下了酒杯，打量著眼前這個表情可疑的友人。

「事情沒這麼簡單。」森把手肘放在餐桌上托頭，往蛋蛋勾勾指尖示意她靠近。這時，蛋蛋才留意到她甚至還去了做美甲。

她約蛋蛋出來，就是把從出門到偏遠地方觀課那天偶遇SORA、在海洋大道交換人生、在車站臨別的吻、還有他們聊了幾個通宵的事，通通都告訴她。森一生人從沒過得這麼快樂，因愛而生的喜悦像泡了開水的麵包一樣在她體內日益膨脹擴大，她喜不自勝，這份愉悦快要大到她一個人承受不住，她亟需找個出口

將這件事分享出去。

「雖然我是恨不得將這件事公諸於世，可是你也知道他們工作那些規定有多嚴格，也不要問為甚麼沒有合照啊，其實他們的工作真的很辛苦，你知道嗎，空的聲音其實很悅耳啊，前天晚上他甚至還在電話給我哼歌，啊還有還有，其實他本來在 HINODE 是擔任主音的，可是因為公司認為 KAZE 的長相比他更貼合大眾口味，而且低音結他手兼任主唱也滿不常見，所以就將位置交給 KAZE 了。可是啊，他們感情可是很好的，絕對沒有甚麼女團私下鬧不和的事……」

像往日有關 HINODE 的一切資訊，森都總是興沖沖地想和同樣熱愛 HINODE 的她們分享。只是她知道自己現在身份不同了，她是喜歡 HINODE 沒錯，但她對其中一人還有著一種相同的特殊情感，一種會讓大家都好起來的情感。

一直在專心傾聽的蛋蛋久久沒有說話，她在聽到途中甚至連酒也開始不喝，只是以一副複雜的表情看著沐浴愛河的森。

「蛋蛋，你怎麼臉色都變了？」森曾經擔憂蛋蛋會不會因為自

己和 SORA 的事而心生嫉妒。畢竟她們對 HINODE 的愛都不是旁人能夠理解,唯獨她們知道這份重量。可是除了她,森也實在不知道可以跟誰說這些話。

就在蛋蛋想開口說點甚麼的時候,森一下拿起手機,臉色又泛起女主角一般的笑容。

「噢等等,空打電話給我了。我想是他們排練完了,我先去接個電話喔。」森一甩裙擺,將手機拿在耳邊,三步併兩步的往酒吧門口方向走去。

「喂?我在跟朋友喝酒啊。你工作完了嗎?」她就算掩住嘴邊,蛋蛋在座上還是清晰看得見她燦爛不已的笑容。

還好森談得太過忘形沒有察覺,剛才蛋蛋渾身都在顫抖,全身上下每一吋肌膚都起了一身疙瘩。

這個地下酒吧她來過很多遍了。

這裏根本沒有訊號。

森放在桌上的電話，根本沒響。

♫籠中的怪物，少見多怪

SHAPE OF LOVE #004

DIAGNOSIS:

情愛妄想 *EROTOMANIA*

ADORE

幻想另一個人和自己交往，更早的例子可追溯至四百多年前。因症狀和高齡未婚女性間好發的情愛自我參照妄想類似，在 Erotomania 一詞普及前，亦曾被名為「Old maid's psychosis」。對象通常是比自身社會階級更高的人，例如歌手、名人或政治家等大眾人物。

#005
本命（下）

005

皮外傷

TO THE MOON AND BACK

　　森不太肯定蛋蛋為何會在週末大清早約她出來見面，明明在酒吧碰面不過是前天的事。要不是蛋蛋在電話裏字正詞嚴地讓森一定要出門，和 SORA 又聊了通宵的她還想再多睡一會。不過溜出來也好，反正 SORA 今天沒有約她見面，翹班太多天的她也開始被同住的父母碎碎念，說她整天把自己困在房間裏，大白天播電影播得這麼大聲吵得他們耳朵都快掉下來。

　　森一見面就和蛋蛋抱怨，待關係再發展得長久一點，她就會搬出來住。當然，是和 SORA 一起。

　　「不過，可能實際會有很多問題呢。但這些到時再算了，肯定可以解決到的。」森自信滿滿地說，今天她也穿上了新購入的荷葉領襯衣，配上修身的牛仔窄裙，手上甚至多了一個要價不菲的手挽袋，蛋蛋一眼就認得出，因為那正是 HINODE 代言的品牌。

　　「喔這個嗎？是空送我的啦，」森建住了蛋蛋的視線，自豪地向她展示臂上挽著的手袋：「他們工作會有公關贈品，但他一直都沒有交女友也得物無所用啊，所以就送給我了。」

　　蛋蛋抿唇一笑，沒有再多說話。轉眼間，她們已經來到一棟

住宅大廈的樓下。森在蛋蛋停下腳步後才意識到這就是她們要到的目的地。森隱約覺得這個地方似曾相識，是不是在甚麼時候她們也一同來過這裏。

「咦？」森終於想起來，但得知答案後更為不解：「我們來芳姐的家有甚麼事？」

蛋蛋還未按下門鈴，門後已經傳來兩個孩子嬉笑混雜電視播放卡通片兒歌的聲音。芳姐很快就趕了過來應門，和藹地請她們進來坐。

在三年左右之前，那時 HINODE 出道不久，她們群組幾個初始成員已經開始來往，原本只是希望出席活動時結伴，後來卻成為會分享生活的好友。芳姐那時還未有孩子，曾經邀過她們上來一起吃飯聊天。直至孩子出生，芳姐光是照顧他們已經忙得不可開交，家中雜物玩具四散，連坐的位置也要左擠右迫空出來，邀朋友上來喝茶宴客這種事她連想都不敢想。

　　要不是那天深夜，蛋蛋在離開酒吧後慌張地打給她時甚至嚇得哭起來，芳姐也不會這麼著急地提議蛋蛋把森帶來。

　　芳姐為兩人沏了一壺花茶，這套茶具是她新婚時朋友送的入伙禮物，這幾年一直被放在櫥櫃內封塵。

　　不知她們在打甚麼主意的森顯得有點坐立不安，蛋蛋見狀便決定開腔。

　　「我知道你著我不要將你和 SORA 的事告訴任何人，但我還是和芳姐說了。」在梳化上的蛋蛋向森吐吐舌頭：「抱歉呢。」

　　芳姐一邊將淡棕色的茶斟進保溫玻璃杯內，一邊細意觀察兩人。

　　「噢，沒關係啦。」森體貼地向蛋蛋和芳姐一笑，臉上還帶著腆的緋紅。

　　雖然這並不是森的本意，但她也沒有怪責蛋蛋的意思。森對她們群組的幾個女朋友都是百分百信任，只是她不想一來就把自

己的情事公諸於世，所以才先找蛋蛋出來聊天，一解她獨自困在心內的太多情感。芳姐這下子知道後，她心想，自己又多了一個能夠聊關於她和 SORA 的事的對象也不算壞。說不定已經結婚並成家立室的芳姐還可以給她一點實用的意見。

雖然現在說這種事還早，森在心中卻是一直都在想這件事，但她相信和 SORA 可以永遠在一起。

她和 SORA。

一聽見蛋蛋將他們的名字放在一起，森就再一次覺得自己真是太幸運。以前她每天都忙著為不同的事煩心，無論是好吃懶做的同事、不諒解她的家人，還是巴士上隨便一個踩到她而不道歉的路人都總讓她覺得這個世界實在太糟糕，要不是遇到了HINODE，她都不知道自己是怎樣湊合活過來。可是現在不一樣，她找到了 SORA。舞台上的射燈如此耀眼，在台側默默演奏的他，和總是佔據前排賣力揮動螢光棒的她在五年後看見對方。

「森森，」芳姐將茶杯放在自己親自編織的杯墊上，連杯邊挽手的位置都一絲不苟地移正：「你可以告訴芳姐，你和 SORA 發

展到甚麼地步嗎？」

「你們在說甚麼啦——」森的臉頰一下竄紅，誤以為芳姐只是好奇來八卦她的隱私：「我們去過幾次約會，晚上會聊電話……我們一起看海，說很多關於自己的事……總之，就像普通情侶會做的事一樣啦。」森還強調多次「沒甚麼特別的」，但在她心裏，和SORA 經歷的一分一秒都是值得編寫成一部史詩鉅著的大事。

芳姐和蛋蛋面面相覷，蛋蛋擠出笑容，換了一個坐姿：「那……你們都聊些甚麼？」

我們聊得可多了。森在心裏暗想，她開始猜到兩人把她叫出來的目的，應該都是對她身為偶像的情人而感到好奇難耐吧。森甚至體貼地為她們開脫想那也是自然不過的事，沒有人會更明白喜歡 HINODE 的心情，但同時另一個的她又懷有情人的佔有慾，又不願意將 SORA 只告訴她的事轉告他人，她心想，這些關於SORA 的小事應該是她專屬的。於是她折衷一笑，擺出佻皮的樣子回答：「很多啊。」

芳姐巧妙地引導話題：「他會叫你甚麼呢？你們會有情侶間的

愛稱嗎?」直到這刻,森仍然認為芳姐的問題是出於好奇。

「就是森啊。我們都不是那麼肉麻的人啦。」森不自覺地噘起嘴,好像要向誰炫耀甚麼的:「我又不是第一次談戀愛了。」話說出口她又開始後悔,她從來也不是這麼驕傲的人,只是在一生人之中,難得找到一件值得炫耀、能被他人羨慕的事,她還在學習如何適度展示這份喜悅。畢竟森的一生人之中,從未擁有過這般快樂的時刻。

「那 SORA 有告訴你,他的本名嗎?」蛋蛋瞄了芳姐一眼,趕緊接話。芳姐似是沒料到她會這樣問,臉上滑過一下錯愕後又好好藏住了。

錯愕的並不只芳姐一人。

「⋯⋯我就叫他空。」森一頓,這時才拿起茶杯呷了一口。

「如果是情人的話,他至少會告訴你本名吧?」已經按捺得太久的蛋蛋單刀直入,再也不理會前心理諮商師芳姐跟她說過要循序漸進,不要說出太過刺激的話的勸告。

「蛋蛋——」芳姐想要叫住她，可是森的表情已經急轉直下。她陷入否定，繼而動怒，質疑和沮喪等等都是後話。

「你這樣説，是甚麼意思？」森緊緊捏住手中的茶杯，好像要把它徒手捏碎才善罷甘休。最叫人擔心的，是她或者並不自覺。

「你説你們每天都聊電話，對嗎？」蛋蛋可能也意會到芳姐不斷往她使的眼色，可是她心想既然已經撕破了臉，她再也不想裝作正常一樣陪森演這場戲：「你拿通訊記錄給我們看看。」

森顯然不忿，賭氣般將手機解鎖後「砰」的一聲摔在茶几上，任她們兩人查看。

蛋蛋其實也被森少見的粗暴嚇怕，可是她不能怯場，只得硬著頭皮拿起手機檢查，看到屏幕的一刻，心底又是一寒：「這個……就是他的電話？」

「是又怎樣？」森對住她們二人面無愧色，她們卻盯住一組單個數字重複八次的數字不懂反應。芳姐試用她的手機來撥打這個空號，只傳來電訊公司預設的錄音：**「你所撥打的電話並不存在，**

請查核清楚再撥號……你所撥打的電話並不存在，請查核清楚再撥號……」只要一天不掛線，錄音就會不斷重複。

而最叫她們不寒而慄的是，這部手機竟然每晚都跟這個空號通了八小時電話。

芳姐和蛋蛋沒說甚麼就把手機放回茶几之上，森看起來已經沒那麼激動，輕輕把手機重新收回口袋之中。儘管森已經恢復了平日溫柔軟弱的樣子，可是在她們眼中，她的一舉一動還是相當陌生。

「你那天在酒吧說 SORA 打電話給你而走開了，但那裏根本沒有訊號。」蛋蛋在她面前重提那天在地下室的事。她親眼目睹森在講述完她跟 SORA 的愛情故事後，平白無事突然就拿起沒有響號的電話，就這樣放在耳畔對著沒有任何反應的手機有來有往地談了二十多分鐘。那二十分鐘對蛋蛋來說，簡直像過了二十個世紀。

「就是因為酒吧沒有訊號，你就不相信我？」森不敢相信她最為信賴的朋友竟然會率先懷疑她：「你覺得我在說謊嗎？」

「不是這樣的——」蛋蛋用力踩著腳，內心的耐性早被消磨清光。她早就知道自己沒有能力處理眼前的狀況，所以才會向芳姐求助。

「森森，你知道你不可能跟 SORA 在一起的。」芳姐在這時候也開腔，蛋蛋很慶幸芳姐似乎同意擔當將真相告知森的角色。

她可不想當那個宣佈殘酷消息的壞蛋。

「我知道你們在想甚麼，我在交通燈遇見 SORA 之前也覺得這是不可能的事。我也問過自己很多次，他們怎可能會出現在那種地方呢？」森站了起來，撫住自己的心臟的位置以極其理智的腔調說話，似乎還在說服自己的一切幸運都是真的：「可是，他就真的是出現了，在我面前活生生的出現了啊。」

他和她一起喝過的黑咖啡罐還好端端的在家中。

在這個角度，森剛好可以打量芳姐家裏客廳的牆。像森的房間和辦公室，牆上都掛滿了和 HINODE 相關的紀念品，在芳姐家裏就掛起了他們每一次的演唱會橫幅，旁邊還裱著 HINODE 初次舉行演唱會時的海報。之所以會如此珍而重之，除了因為那是粉絲們引頸以待的首場演唱會，當時就連一些不是 HINODE 歌迷的人都在留意這場演出，甚至以好奇的心態搶購門票進場而導致公司不得不臨時加開了五晚的特別場。

當然，向來擅長行銷的公司在這場演出上也大灑金錢宣傳造勢，「搖滾天團 HINODE —— 虛擬歌手首場 3DCG 演唱會」推出的消息轟動一時，當時可説是無人不談論這項科技普及的新聞。

HINODE 是由本地科技公司「MIRACLE」斥資創造，結合電子樂器、語音合成和人工智能三大科技的虛擬男子樂團。成員設定有三名人物，團長 KAZE 的外型參照了時下大受女性歡迎的男星長相，結合二次元最常見的誇張髮色為角色特徵，得出擁有白色頭髮的俊俏男子形象；NATSU 以陽光青春的開朗風格作為招

徠，目標是吸引不喜歡秀氣男生的女粉絲，以較為強悍且陽剛的外型作為賣點；SORA 的設定是長相平凡的高冷男生，當初這個角色設計在內部存在很大爭議，最後還是讓他以配角的存在得以保留，一來用作襯托重點吸引觀眾的二人，二來圓滿樂團中低音結他手的位置。雖說 HINODE 的歌曲無論是曲詞還是後期製作，全都由公司開發的電子音樂軟件一手包辦，給他們每人一個崗位只是純粹為了滿足真有一個「樂團」在舞台上演奏的視覺效果，當然，演唱會所用到全息投影技術也是公司引以為傲的新項目之一。

公司的野心和視野相當宏大，他們使用人工智慧，將多國語言的版本加進 HINODE，讓他們在短短數年間就走入國際市場。一般的虛構角色只能做到圖片或短片等平面宣傳，HINODE 的優勢是使用公司開發的人工智慧，他們能像真實的藝人一樣出席活動，以當地語言發言甚至跟粉絲互動對話，因而一躍成為最受歡迎的虛擬偶像團體。

《明天的你有空嗎》是 HINODE 本年度的大企劃，歌曲宣傳只是小菜一碟，後續的「緣份約會」微電影計劃限量發售給會員，除了「飢餓行銷」，這套「微電影」其實是公司在正式推行「沉

浸式互動愛情體驗」前所進行的局部測試。在微電影開始播放前，他們都要求會員同意使用條款及細則，確認他們願意參與試行計劃。

公司希望一圓觀眾渴望跟偶像共處的心願，以 HINODE 人工智慧為基底而進行開發，在體驗中，用家只要預先填寫問卷，將自己的稱呼和職業等資料填上，再回答數道有關個人背景的問題，人工智慧除了能在對話中填上玩家的名字，它能以所得的資料進行運算，生成一個合理的「邂逅」。從玩家和角色的對話之中，人工智慧會開始收集並儲存玩家披露的額外資訊，加上本來程式的設計來生成劇情，像真正的約會般讓兩人越行越近，由熟悉對方開始，儲存到一定遊玩時數後，就會自動觸發往後關係升溫的故事。

這個，就是令森這段時間一直不願上班而深陷其中的遊戲。因為對她來說這並不是遊戲，而是她的救贖，甚至世界。

在森奪門而出後，客廳只剩下芳姐、蛋蛋，還有兩個剛從午睡醒來的孩子。蛋蛋一臉憂心地望向芳姐，她也說現在這個階段她們也沒甚麼能做的，第一步還是先待森冷靜下來，重新願意跟她們說話才有說服她的機會。

蛋蛋點點頭，信服了芳姐的說法。她一下攤軟在梳化之上，剛好坐在芳姐大兒子剛剛丟下的積木上方，痛得她眼淚直飆。

「不過，芳姐你覺不覺得，」蛋蛋擦乾眼眶，順手拿起涼掉的花茶一口喝光：「森好像快樂多了？」

「她在談戀愛啊，當然快樂。」芳姐在安頓孩子後也坐了下來，在泡開的茶葉上再添熱水：「在她眼中，她正被一個善良又溫柔的人愛上而感到幸福。即使不是本命KAZE，她也願意愛上的人。」

「善良又溫柔的男人啊，」蛋蛋撥起長裙的裙擺，在梳化上盤腿而坐，伸了一個懶腰後盯著芳姐家中的天花板問了一句：「真的存在嗎？」

芳姐比蛋蛋和森都要年長，在她們都還在為情愛苦惱的時候，

她已經是兩個孩子的母親，總是以一個姐姐的角度開導她們這些女孩。

明明人生階段如此不同，卻因為共同的愛好而連繫起來，甚至建立親厚的關係。本來已經是個奇蹟。

就算 HINODE 是虛構的，她們之間的連結倒是真的。

「你有看關於那個沉浸式愛情體驗的介紹嗎？」芳姐問她。

蛋蛋把注意力從天花板的吊燈收回，側耳傾聽。她還不知道芳姐想說甚麼。

芳姐在蛋蛋跟她說了森的事後，為了掌握森的狀況她當下就去查看每一項關於這個年度企劃的細節，每一則相關報道她都熟悉得倒背如流。

「他們說劇情和對白主要是由人工智慧生成，而為求體驗能做到最個人化，人工智慧學習的對象就是使用者本身。所以得出來的角色，就會讓用家感到兩人擁有許多的共鳴，因為人工智慧基

本上是將男主角變成另一個你。」

芳姐故意一頓，引導蛋蛋換個角度思考：「你想想，SORA 本來的設定是高傲又冷酷的低音結他手，為甚麼在森的故事中，他會變得如此溫柔體貼？」

「那是因為……」蛋蛋一下被太多資訊塞滿腦袋，沒有像成熟的芳姐那麼快就想出來。

芳姐莞爾而笑，將答案道出：「那是因為，森本來就是一個這樣的人。」

在劇情中，森向披上 SORA 臉孔的人工智慧說出「不管你是誰，我都希望你能夠快樂」的真心說，當時 SORA 回答她說，他們不會不快樂，所指的並不單指偶像，或者森的真誠甚至能讓人工智慧跳出程式設下的第四面牆，以人工智慧的身份提醒為它憂心的森，程式碼是不會不快樂的。

「但你是第一個，關心我是否快樂的人。」蛋蛋這才記得森有跟她分享過這段和 SORA 的對答。

　　森的溫柔讓人工智慧也以同等的溫柔對待她，諷刺地，在現實世界中，「SORA」也是少有地會關心森是否快樂的人。兩人的相濡以沫讓森越陷越深，她以為自己真的和 SORA 交往，歸根究柢的原因不是甚麼沉浸式遊戲，那個充其量只是觸發點——真正的原因是，她真的很喜歡 HINODE，這個為她帶來希望的存在由她的日常生活蔓延開去，漸漸投射到她長年匱乏的情愛生活之中。她自知千瘡百孔，但魔法足夠強大，讓她相信有人能夠牢牢接住她，把她端在懷裏檢視她或新或舊或持續在疼痛流血的傷口，逐一親柔地修補好。

　　蛋蛋記起森那天在酒吧，説起 SORA 跟她提過一個主題樂園的比喻。SORA 用主題樂園的卡通人物比喻偶像，用遊客比喻觀眾。他說，遊客花錢買門票進主題樂園，不是為了要玩機動遊戲或買紀念品，他們在追求的是一個置身魔法世界的體驗。

　　大人明知世界沒有魔法，但還是會希望走進那個明知道是佈景搭建出來的城堡，還是會歡天喜地和人扮的卡通人物合照。SORA 告訴她，那些在外頭活得絕望的人，其實心底也很想被騙。

　　「說不定其實我們不需要太擔心她。」蛋蛋往芳姐一笑，好像

從耳詳能盡的童話寓言中想通了甚麼以前從未察覺的事。

「也是呢，」芳姐也往後仰躺，在一連串的折騰後稍事休息：「可能被騙的是我們喔。」

兩人都沒有說話，但空氣一靜下來，眼睛一合上，耳畔還有腦袋就會哼起 HINODE 的樂曲。

「但今天的森森，看起來真的很快樂。」芳姐只從蛋蛋口中聽過她描述森散發著粉紅色泡沫的模樣，沒想過今天親眼見到她簡直判若兩人。

她相信自己正在熱戀當中而開始打扮，從而說話談吐也變得自信大方，不再畏首畏尾，她會為著自己所堅信、或需要堅信的事而據理力爭。

芳姐一臉欣慰地續說：「這樣優秀又勇敢的孩子，肯定會有很多人喜歡。我們不用擔心她。」

忽爾蛋蛋好像突然想起甚麼而失笑起來，芳姐連番追問下她

都不肯説，要到她動身拿梳化上的 KAZE 抱枕來丟她才在嬉鬧中作勢求饒。

「我只是在想，」蛋蛋在喘笑中回復呼吸節奏，不徐不疾地説：「説不定，森森的戀情都會比我們的長久。」

「那當然啊。」精明的芳姐很快就聽出了蛋蛋的弦外之音，以八卦的口吻關心問她：「又被甩了嗎？」

「他拖了半年都不願分手，」蛋蛋把目光放空，乾脆整個人橫臥在梳化之上：「那就我和他分手囉。」説罷她一轉身，就和芳姐用來丟她的 KAZE 抱枕相擁入懷。

「早走早著。」芳姐看似陳腔濫調的安慰，得悉她過去的人就會知道那是肺腑之言：「不要像我，一個人帶著兩個孩子很麻煩。」芳姐壓下聲音補充一句，孩子們還要長得那麼像他，真要命。

蛋蛋點頭，憶述森跟她説過的話。

被愛的人，都會好起來。

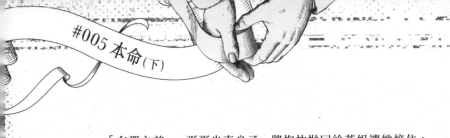

　　「在那之前，」蛋蛋坐直身子，將抱枕拋回給芳姐讓她接住：

「我們就耐心等著吧。」

SHAPE OF LOVE #005

DIAGNOSIS:

紙浪漫 FICTOROMANCE

對虛構角色感到浪漫吸引力的一種傾向，在英語圈及日語圈均被視為無性戀光譜（Asexual Spectrum）的一員。

次元局於 2020 年在日本設立，為國民跟二次元角色辦理結婚申請。雖然次元局頒發的結婚證書在當地不具法律效力，但創辦人引述申請者在申請函上的申述時，提到他們「希望社會將超越次元的愛也視為『真愛』」的願景。至今，次元局已為二百對跨次元情侶頒發結婚證書。

日本公務員近藤顯彥在 2018 年宣佈與虛擬偶像初音未來（初音ミク）成婚並舉行婚禮，他利用全息投影裝置跟對像每天進行對話，實行同居生活，直至兩年後發展該裝置的公司宣布停止相關服務，仍然表達愛意不渝。

　　早在兩年前，《皮外傷》已經開始在腦海內成型。原本的想法是將多元之愛的故事寫成長篇，在整理的時候，我慢慢梳理出在這個故事背後我真正想要寫的事，它濃縮成二萬字左右的短篇，換算後是五分一本書。為了銘謝它作為意念始祖，一併擔當小説的名字。

　　短篇小説集是我以前想也不敢想的選擇，寫長篇小説我會覺得比較自在，偏偏上年因各種機緣巧合而一次過寫了幾個短篇，反而習慣了步伐，讓迷信的我隱約覺得好像也是時候，可以動筆啟程了。

　　身為作者，我一直無法克服的弱項是不懂得簡介自己的故事。如果要言簡意賅地講《皮外傷》説的是甚麼，最準確的答案是：它是一個關於愛的故事。在這之前我出版過兩部愛情小説（嚴格來說，其中一本是講婚姻的，但婚姻無關愛情反正？）《皮外傷》走的是一個迴然不同的方向，數個故事的主角們各有自己的執迷，但相同的是，他們都在愛情中獲得力量。

　　我在英國定居了一段時間，六月某天我在街上見到彩虹旗的旁邊展示了一張海報，感受特別深。海報的主視覺是世界地圖的

剪影，部分地方是黑色的，其中有不少卻被填上了紅色。

上面只寫了一句：***Where love is illegal.***

目前全球有三十五個國家或地方承認同性婚姻，但另一方面，在六十四個聯合國成員國中，同性戀在今天仍被視為罪行，最高甚至可判死刑。在其餘的大部分地方即使未有相關法規承認同性婚姻，社會普遍價值都開始傾向接受這種有別於一夫一妻的戀愛關係。

但，如果是在〈皮外傷〉當中的多邊戀呢？

當成是故事看很容易，只要合上封面，不喜歡最多罵作者一句後把書燒掉，這個故事永遠就在你的人生軌跡中消失。但在現實生活中，這不是小說劇情，不是作者為了嘩眾取寵而刻意放大的情慾故事，這是世上某一群人的愛情，是他們的世界。

寫作期間，我向朋友講述這本小說的大致構想，簡述了裏面會寫的五種戀愛。很多、很多（差不多是每一人？）一聽見就問：你是要寫甜故嗎？我一口否認，也決定不會在內容中加入他們在

聽到故事後就開始想像的情慾情節，反而這種反應讓我察覺到一個更大的問題：在看待多邊戀、慕殘者或跨次元戀愛的時候，第一時間竟然這麼多人只想起肉體關係？我想說的，是這些戀愛當中，最為純粹的愛情。

在 2001 年荷蘭成為首個同性婚姻合法化的國家前，這個世界上同性伴侶的愛情都不能被法律所承認或保障。今天我們承認同性婚姻，立例禁止歧視跨性別族群，提倡教育由 LGBT 開始擴展到 LGBTQIA+——當中的＋，正是留給未來無限可能的空白。世上的愛有千百萬種形狀，我們無法在一個下午點開維基百科就能死記硬背一一學懂，有很多仍然遭人白眼，不敢對人明言，以致不為人知。

本來在設計這本短篇小說集時，我是打算略掉序和後記，讓故事本身撐起整本書。因為故事所說的就是愛，僅此而已，那是每人都擁有過、或至少渴望擁有過的物事，是一種共通的語言，不須多說甚麼。然而在寫到〈本命〉一章時，其中一句讓我改變了主意。

被愛之後，就會好起來。

　　坦白說，人生很難，上學很難上班很難，在好些時候都會想
如果世界末日是真有其事，一顆殞石要擲下來的話我一定會像機
場跑道穿著反光衣的工作人員，雙手高舉指示燈歡迎它快點墜落
毀滅這個地球。然而，在生命中那些感到被愛的時刻，竟然又會
像吞了一顆阿士匹靈般有效地覺得好了一點。不是說有人愛了我
這個世界就能像打一下響指後就開了濾鏡變好或開滿花朵，沒有
這麼好康，只是在那些散發著「粉紅色泡沫」的時刻，我會暗暗
希望世界或者不要這麼快末日。

　　這個故事沒有甚麼「沒人愛就愛自己」的勵志說話。對於能
夠真正地愛惜自己的人我是相當欣賞和敬佩，但我覺得這件事很
難，我就是想要被愛，想要索求被愛當中那種和他人由陌生變親
近而產生的連繫感，以至關係連帶而來的若即若離、或承受失去
後可能久久沒法痊癒的巨大風險，都是自愛無法帶來的。自問無
法用愛自己來填充渴望被愛的缺口，所以我覺得也不能不負責任
地在故事鼓勵大家去自愛就草草完結這段話。要是你也希望被愛，
承認這一點是沒有問題的。

　　愛或被愛都是生而為人的權利。我們已經無法控制別人是否
愛我們，至少應該被允許在可以去愛的時候，就全力去愛。無論

你的對象是一個人、兩個人、貓狗紅鶴，無論外在內在是否殘缺不全，也無論你的愛是在何種距離或哪個次元，就算你愛的是一花一草、一張紙一張櫈。不需巧立名目也不必多加修飾，愛就只是愛而已。

　　願所有人都能自由勇敢地愛。

　　就算世界多壞。

《皮外傷》

全書完

作者	理想很遠
責任編輯	陳婉婷
美術設計	陳希頤
製作	點子出版
出版	點子出版
地址	荃灣海盛路 11 號 One MidTown 13 樓20室
查詢	info@idea-publication.com
印刷	海洋印務有限公司
地址	黃竹坑道 40 號貴寶工業大廈 7 樓 A 室
查詢	2819 5112
發行	泛華發行代理有限公司
地址	將軍澳工業邨駿昌街 7 號 2 樓
查詢	gccd@singtaonewscorp.com
出版日期	2024 年 7 月 17 日
國際書碼	978-988-70116-3-7
定價	$108

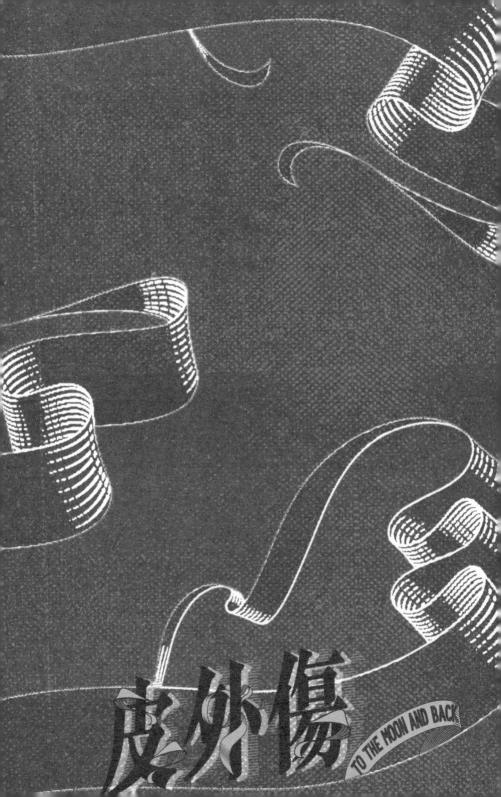

點子出版
IDEA PUBLICATION